KB251005

# 인간 실격

## 일러두기

- 『人間失格』(新潮文庫, 1975)을 저본으로 번역했습니다.
- 인명, 작품명, 지명은 국립국어원 외래어표기법을 따르되 일부 명칭은 일반적으로 널리 쓰이는 표기를 따랐습니다.
- 단행본 및 정기간행물은 『 』, 그림, 영화, 희곡의 제목은 〈 〉로 구분했습니다.
- 주석은 모두 옮긴이 주입니다.

# 인간 실격

人間失格

다자이 오사무 지음

이진후 옮김

**B:**

# 목차

인 간

실 격

## 머리말

나는 그 남자의 사진 세 장을 보았다.

한 장은 그 남자의 유년 시절이라고 해야 할까, 열 살 전후로 추정되는 무렵의 사진으로, 그 아이가 많은 여자들에게 둘러싸여(그 아이의 누나, 여동생, 그리고 사촌들이 아닐까 싶다) 정원 연못가에서 굵은 줄무늬의 하카마[1]를 입고 서서 목을 30도 정도 왼쪽으로 기울이고 추하게 웃고 있는 사진이었다. 추하게? 하지만 둔한 사람들(즉 미추에 관심이 없는 사람들)은 아무렇지도 않은 표정으로,

'귀여운 도련님이네요.'

라고 적당히 칭찬해도 입에 발린 거짓 칭찬으로는 들리지 않을 정도의 소위 말하는 통속적인 '귀여움' 같은 것이 그 아이의 얼굴에 없는 것은 아니지만, 조금이라도 미추의 관념에 훈련을 받아온 사람이라면 한 번 보고 바로,

'진짜 얄밉게 생긴 아이네.'

라며 엄청 불쾌한 듯 말을 내뱉고 송충이라도 떨쳐버리듯 사진을 내동댕이쳐 버릴지도 모른다.

정말이지 그 아이의 웃는 얼굴에서는 자세히 보면 볼수록 뭐

---

1  기모노 위에 입는 덧옷. 보통 외출용 정장을 말한다.

라고 표현하기 힘든, 기분 나쁜 무언가가 느껴졌다. 전혀 웃는 얼굴이 아니었다. 이 아이는 전혀 웃고 있는 것이 아니었다. 그 증거로, 이 아이는 양쪽 주먹을 꽉 쥐고 서 있었다. 사람이 주먹을 꽉 쥐면서 웃을 수는 없는 것이다. 원숭이다. 원숭이의 웃는 얼굴이다. 다만 얼굴에 흉측한 주름을 잔뜩 잡고 있을 뿐이었다. '주름투성이 도련님'이라고 말하고 싶을 정도의, 정말 기묘하고 또 어딘지 지저분하고 묘하게 사람을 불쾌하게 만드는 표정의 사진이었다. 나는 이때까지 이런 이상한 표정의 아이를 본 적이, 한 번도 없었다.

두 번째 사진의 얼굴은 깜짝 놀랄 정도로 변모해 있었다. 학생의 모습이었다. 고등학교 시절의 사진인지 대학 시절 사진인지 확실히는 모르겠지만, 어쨌든 엄청난 미모의 학생이었다. 하지만, 이 사진 또한 이상하게도 살아 있는 인간의 느낌을 주지 못했다. 학생복을 입은 그의 가슴 주머니에는 흰 손수건이 슬쩍 엿보이고, 등나무 의자에 다리를 꼬고 앉아서 역시 웃고 있었다. 이번 사진에서는 주름투성이 원숭이의 웃음이 아니고 상당히 능숙한 미소였지만, 그러나 인간의 웃음과는 어딘가 달랐다. 피의 중압감이라고 할까 생명의 깊은 맛이라고 할까, 그런 충실감은 조금도 느껴지지 않고, 새가 아닌 깃털과 같이 가벼운 백지 한 장 정도의 웃음이었다. 즉 하나에서 열까지 인공적인 느낌이 들었다. 아니꼽다고 해도 뭔가 부족하고 경박하다고 해도 부족하다. 여자처럼 생겼다고 말하는 것도 부족하다. 멋쟁이라 하면 더욱더 부족하다. 게다가 자세히 살펴보면, 역시 이 미모의 학생에게서도 어딘가 괴담에서나 엿볼 수 있는 기분 나쁜 무언가를 느낄 수 있었다. 나는 이때까지 이런 이상한 미모의 청년은 본 적이, 한 번도 없었다.

다른 한 장의 사진은 가장 기묘했다. 전혀 나이를 알 수가 없었다. 머리는 어느 정도 백발이 되어 있었다. 그리고 엄청 더러운 방(방의 벽면이 세 군데 정도 부서져 있는 것이 그 사진에 확실히 찍혀 있었다)의 한쪽 구석에서 작은 화로에 양손을 쬐고 있었는데, 이번에는 웃고 있지 않았다. 어떤 표정도 없었다. 말하자면, 앉아서 화로에 두 손을 쬐면서 자연스럽게 죽어 있는 것과 같은, 정말이지 꺼림칙하고 불길한 느낌을 주는 사진이었다. 이상한 것은 그것뿐이 아니었다. 그 사진은 비교적 얼굴이 크게 찍혀 있어 얼굴 구조를 자세히 살펴볼 수 있었는데, 이마는 평범, 이마의 수름도 평범, 눈썹도 평범, 눈도 평범, 코도 입도 턱도, 아, 이 얼굴에는 표정이 없을 뿐만 아니라 인상조차도 없었다. 특징이 없었다. 예를 들면, 내가 이 사진을 보고 눈을 감는다. 그럼 벌써 나는 그 얼굴을 잊어버리고 만다. 방의 벽이나 작은 화로는 생각해 낼 수 있지만, 이 방 주인의 인상은 금방 사라져 아무리 애써 봐도 생각이 안 난다. 그림으로 그릴 수 없는 얼굴이다. 만화로도 어떤 것으로도 그릴 수 없는 얼굴이다. 눈을 뜬다. '아, 이런 얼굴이었던가, 생각났다.' 하는 기쁨조차 없다. 극단적으로 말하면 눈을 뜨고 그 사진을 또 보아도 생각이 나지 않는다. 그러고는 다만 불쾌하고 속이 부글부글 끓어 그만 시선을 돌리고 싶어진다.

소위 말하는 '죽을 상'이란 것조차도 어떤 표정이라든지 인상이 있을 텐데, 인간의 몸에 노새의 머리를 붙인다면 아마 이런 느낌이 들 것이다. 어쨌든, 어딘지 모르게 보는 이로 하여금 몸서리를 치게 만드는 것이었다. 나는 이때까지, 이런 이상한 남자의 얼굴을 본 적이 역시 한 번도 없었다.

# 첫 번째 수기

부끄럼 많은 인생을 보내왔습니다.

나는 인간 생활이란 것의 갈피를 도무지 잡을 수 없었습니다. 도호쿠 지방의 시골에서 태어났기 때문에, 기차를 처음 본 것도 어느 정도 성장한 뒤의 일이었습니다 역의 육교를 오르내리면서 그것이 선로를 넘기 위해 만들어졌다는 사실을 전혀 알지 못했습니다. 다만 그것이 역의 구내를 외국의 놀이시설처럼 복잡하고 재미있게, 또 현대적으로 만들기 위해 설비되었다고만 생각했습니다. 더구나, 상당히 오랜 기간 그렇게 생각하고 있었습니다. 육교를 오르내리는 것은 나에게는 상당히 세련된 유희로 철도 서비스 중에서도 가장 손님을 생각한 서비스 중 하나라고 생각하고 있었습니다만, 나중에 그건 단지 여객이 선로를 넘어갈 수 있도록 만든 매우 실용적인 계단에 지나지 않다는 것을 알고는 갑자기 힘이 쭉 빠졌습니다.

또 나는 어릴 때 그림책에서 지하철도란 것을 보고, 이것 또한 실용적인 필요에서 고안된 것이 아니며 지상의 철도를 타는 것보다는 지하의 철도를 타는 쪽이 훨씬 이색적이고 재미있는 놀이라고만 생각하고 있었습니다.

나는 어릴 때부터 몸이 약해 자주 자리에 누웠습니다. 자주 누워 있다 보니 친숙해진 요와 베개 커버, 이불의 커버를 정말 재미없는 장식이라고 생각했는데, 그것이 의외로 실용품이란 사실을 스무 살 가까이나 되어서 알게 되었고 인간의 알뜰함에 암담하고 슬픈 느낌이 들었습니다.

또 나는 배가 고프다는 것을 몰랐습니다. 아니, 그건 내가 의식주에 부족함이 없는 집에서 태어났다는 그런 바보 같은 의미가 아니라, '공복'이라는 감각이 무엇인지 전혀 몰랐다는 뜻입니다. 말이 좀 이상합니다만, 배가 고파도 나 자신은 그것을 깨닫지 못했습니다. 초등학교와 중학교 시절 내가 학교에서 돌아오면 주위 사람들이 "배고프지? 나도 그런 경험이 있지, 학교에서 돌아왔을 때 그 배고픔이란 정말 말로 다 못 하지. 콩과자는 어때? 카스텔라도 빵도 있는데"라며 야단법석을 떠니까 나도 타고난 아부 근성을 발휘해 "아, 배고파"라고 중얼거리며 콩과자를 열 알 정도 입에 던져 넣었습니다. 하지만 공복감이 무엇인지 조금도 알 수는 없었습니다.

물론 나도 상당히 많이 먹긴 합니다만, 공복감에서 음식을 먹은 기억은 거의 없습니다. 신기한 음식도 먹습니다. 호화로운 음식도 먹습니다. 또 남의 집에 갔을 때 대접받는 음식은 무리를 해서라도 대충 다 먹습니다. 따라서 어릴 때의 나에게 있어 가장 고통스러웠던 시간은 사실 집에서의 식사 시간이었습니다.

나의 시골집에서는 열 명쯤 되는 가족 모두가 각자 밥상을 두 줄로 마주보고 늘어놓았습니다. 막내인 나는 물론 맨 말석이었습니다만, 식사를 하는 방은 어두웠고 점심시간에는 열 명쯤 되는 가족이 묵묵히 밥을 먹는 광경은 언제나 소름 끼치는 광경이었습니다. 게다가 시골의 유서 깊은 집안이었기 때문에 반찬도 거의 정해져 있었고, 신기한 음식이나 호화로운 음식은 바랄 수도 없었으므로 결국 나는 식사 시간을 공포의 시간처럼 느끼게 되었습니다. 나는 그 어두컴컴한 방의 말석에서 추위에 벌벌 떠는 심정으로 밥을 입으로 가져가면서, 인간은 왜 하루에 꼬박세 끼씩 밥을 먹어야 하나, 실로 모두 엄숙한 얼굴이구나, 이것도 하나의 의식과 같은 것으로서 가족이 하루에 세 번씩 정해진 시간에 어두컴컴한 방에 모여 밥상을 순서대로 정렬하고는 먹고 싶지 않아도 고개를 숙이고 묵묵히 밥을 씹으면서 집 안에 떠돌아다니는 영혼들에게 기도를 하는 것이라고까지 생각한 적도 있었습니다.

밥을 먹지 않으면 죽는다는 말은 나의 귀에는 난지 듣기 싫은 협박으로밖에 들리지 않았습니다. 이 미신은(지금도 나에게는 왠지 미신으로만 생각되어 어찌할 바를 모르겠습니다만) 언제나 나에게 불안과 공포를 가져다주었습니다. 인간은 밥을 먹지 않으면 죽으니까 그 때문에 일을 하고 밥을 먹어야 한다는 말처럼 나에게 난해하고 협박 같은 느낌을 주는 말은 없었습니다.

즉 내가 아직 인간의 삶이라는 것을 모른다는 이야기가 되겠지요. 내 행복의 관념과 세상 모든 사람들의 행복의 관념이 완전히 다른 것 같은 불안, 나는 그 불안 때문에 밤마다 전전긍긍하고 신음하고 또 발광 일보 직전까지 간 적도 있습니다. 나는 정말 행복한 것일까요? 나는 어릴 때부터 자주 행복한 놈이란 소리를 들었습니다만 나는 언제나 지옥에 있는 기분으로, 오히려나를 행복한 놈이라고 말하는 사람들이 비교도 안 될 만큼 훨씬 더 행복하다고 생각했습니다.

나에게는 불행의 덩어리가 열 개 있어, 그중의 하나라도 다른 사람이 짊어진다면 그 하나만으로도 그 사람의 생명이 위험할 것이라고 생각한 적도 있었습니다.

즉 알 수가 없었던 것입니다. 옆 사람이 느끼는 괴로움의 성질이나 정도에 대해 전혀 감을 잡을 수 없었습니다. 실제적인 괴로움, 단지 밥을 먹으면 해결될 괴로움, 그것이야말로 가장 강렬한 고통으로 나 자신의 불행 열 개 따위는 튕겨 날아가 버릴 정도로 처참한 아비규환의 지옥일지도 모르지요. '하지만 모르는 것치고는 자살도 하지 않고 발광도 하지 않은 채, 정치를 논하고 절망도 하지 않고 삶의 전쟁을 치러올 수 있었다는 건 곧 네 괴로움이 거짓말이라는 거 아니야? 에고이스트가 되어서는 더욱이 그걸 당연한 일로 확신하고, 한 번도 스스로를 의심해 본 적이 없는 거 아니야? 정말 그렇다면 편하겠군. 그러나 인간이란 모두 그러하니, 그렇다면 만점인 것이 아닐까? 모르겠다……. 밤에는 푹 자고, 아침에는 상쾌할까? 어떤 꿈을 꾸고 있을까? 길을 걸으면서 어떤 생각을 할까? 돈? 설마 그게 전부는 아니겠지. 인간은 밥을 먹기 위해 산다는 말을 어디서 들은 것 같기는 한데, 돈을 위해 산다는 말은 들은 적이 없다. 아니, 그런데 경우에 따라서는…… 아니, 그것도 모르겠다…….' 생각하면 할수록 불가사의해서 나 혼자만 유별난 것은 아닌가 하는 불안과 공포에 떨고만 있습니다. 나는 주위 사람과는 거의 대화를 나눌 수 없습니다. 무엇을 어떻게 말해야 하는지 모르는 겁니다.

그래서 생각해 낸 것이 광대 짓이었습니다.

그것은 나의 인간에 대한 최후의 구애였습니다. 나는 인간을 극도로 두려워하면서도 인간을 단념할 수는 없었던 것 같습니다. 그래서 나는 이 광대의 길을 가며 다소간 인간과의 연을 이을 수 있었습니다. 겉으로는 끊임없이 미소를 지으면서, 속으로는 필사적으로, 그야말로 천 년에 한 번 성공할까 말까 한 위기일발의, 식은땀이 흐르는 서비스였습니다.

나는 어릴 때부터 내 가족들조차도, 그들이 얼마만큼 괴로워하고 또 어떤 생각을 하면서 살고 있는지를 정말이지 전혀 알 수 없었습니다. 다만 두려움과 어색함을 견딜 수 없어 광대 짓을 능숙하게 할 수밖에 없었습니다. 즉 나는 어느샌가 한마디도 진실을 말하지 못하는 그런 아이가 되어버렸던 것입니다.

그 무렵 가족들과 같이 찍은 사진들을 보면, 다른 사람들은 모두 진지한 표정을 하고 있지만 나 혼자만 꼭 얼굴을 기묘하게 일그러뜨려 웃고 있습니다. 이것 또한 나의 애절프고 슬픈 광대 짓 중 하나였습니다.

또 나는, 식구들이 뭐라 해도 말대꾸를 한 적이 한 번도 없었습니다. 사소한 잔소리도 나에게는 청천벽력같이 느껴져 견딜 수 없었고, 말대꾸는커녕 그 잔소리야말로 소위 만세일계[1]처럼 인간의 진리라는 것이 틀림없다고, 나에게는 그 진리를 이행할 힘이 없으니까 더 이상 인간과 함께 살 수 없는 것 아닌가 하고 생각했습니다. 그래서 나는 언쟁도 자기변호도 할 수 없었습니다. 남들에게 싫은 소리를 들으면 나 자신이 엄청난 착각을 한 것 같아 언제나 상대방의 공격을 묵묵히 받아들이고 속으로는 심한 공포에 떨었습니다.

물론 그 누구라도 남에게 비난을 받거나 야단을 맞으면 기분이 좋지 않겠습니다만, 나는 화를 내고 있는 상대방의 얼굴에서 사자보다도, 악어보다도, 용보다도 더 무서운 동물의 본성을 느

---

1 영원히 하나의 계통으로 이어지는 것. 주로 일본 천황계를 지칭할 때 사용되는 말.

껐습니다. 평소에는 그 본성을 감추고 있지만 어떤 계기에 의해, 예를 들면 소가 초원에 편하게 누워 있다가 갑자기 꼬리를 쳐 배 위에 앉아 있던 파리를 죽이는 것과 같이 불현듯 인간의 무서운 정체를 드러내는 모습을 보고, 나는 언제나 머리가 쭈뼛 서는 듯한 전율을 느꼈습니다. 이 본성 또한 인간이 살아가는 데 필요한 자격 중 하나일지도 모른다는 생각이 들어, 나 자신에게 절망했습니다.

인간을 대할 때면 언제나 공포에 떨었고, 또 인간으로서 스스로의 언동에 털끝만큼도 자신감을 가질 수 없었습니다. 그리고 혼자만의 번뇌는 가슴속 작은 상자에 묻어두고 내 안의 우울과 신경질은 감춘 채 오로지 천진난만하고 낙천적인 아이인 양 포장해, 나는 광대 짓을 하는 별종으로 점점 완성되어 갔습니다.

뭐든 좋으니 웃기기만 하면 된다. 그러면 인간들은 내가 그들이 소위 말하는 자기들의 '범주' 바깥에 있어도 그다지 신경 쓰지 않을 것이다. 어쨌든, 그 인간들에게 눈엣가시가 되어서는 안된다. 나는 무無이다. 나는 바람이다. 나는 하늘이다. 이런 식의 생각이 쌓여 나는 광대 짓으로 가족을 웃겼고, 또 가족보다도 더 불가사의하고 무서운 하인들에게까지 필사적인 광대 짓으로 서비스를 했습니다.

나는 여름에 유카타¹ 속에 빨간 모직 스웨터를 입고 복도를 걸어다녀 온 집안 사람들을 웃겼습니다. 별로 웃음을 보이지 않던 큰형도 이 모습을 보고 웃음을 터뜨리며, "요조야, 안 어울려"라고 귀여워 죽겠다는 표정으로 말했습니다. 글쎄, 아무리 나라

---

1 면으로 만든 홑겹의 옷. 보통 목욕 후나 여름에 입는다.

고 해도 한여름에 모직 스웨터를 입고 다닐 정도로 그렇게 추위나 더위를 모르는 별종은 아닙니다. 누나의 레깅스를 양손에 끼우고 소매 밖으로 나오게 해서, 스웨터를 입은 것처럼 보이게 한 것이었습니다.

아버지는 도쿄에 볼일이 많은 사람이었으므로, 우에노[2]의 사쿠라기초에 별장을 두고 한 달의 대부분을 도쿄의 별장에서 지냈습니다. 도쿄에서 돌아올 때는 가족들, 또 친척들에게까지도 엄청난 양의 선물을 사오는 것이 아버지의 취미 중 하나였습니다. 언제였던가 아버지가 상경하기 전날, 아버지는 아이들을 모두 응접실에 모이게 하여 이번에 올 때에는 어떤 선물이 받고 싶은지 한 명 한 명에게 미소를 지으며 묻고는 그 답을 일일이 수첩에 적었습니다. 아버지가 이렇게까지 아이들에게 친절을 베푸는 것은 아주 드문 일이었습니다.

"요조는?"

아버지가 물어보자 나는 우물거리고 말았습니다.

뭐가 좋겠느냐고 물어보면 그 순간, 필요한 것이 아무것도 없어지는 것이었습니다. 아무거나 좋아, 어차피 나를 즐겁게 해줄 물건은 아무것도 없으니까. 이런 생각이 번뜩 뇌리를 스쳤습니다. 그리고 또, 남이 준 물건은 아무리 내 마음에 들지 않아도 물릴 수 없습니다. 싫은 것도 싫다고 말 못 하고, 좋아하는 것도 머뭇머뭇 훔치듯이 지극히 쓰라린 느낌으로 받아들이고, 그러고는 형언 못 할 공포감에 떨었습니다. 즉 내게는 양자택일의 능력조차 없었던 것입니다. 그것이 후년에 이르러 결국 나의 소위 '부

---

2 도쿄 다이토 구에 있는 지명. 작품 속 주인공의 출신이 도호쿠(동북 지방)이므로, 아버지도 동북선이 출발하는 우에노 역 근처에 별장이 있는 게 편리했을 것이다.

끄럼 많은 생애'의 중대한 원인이 되는 성격 중 하나가 된 것 같습니다.

내가 말을 못 하고 계속 머뭇거리자, 아버지의 얼굴 표정이 조금 불쾌하게 변했습니다.

"역시 책이냐? 아사쿠사의 절 앞에 있는 상점에 설날에 추는 사자춤 탈이 아동용 사이즈로 나와 있던데, 가지고 싶지 않니?"

가지고 싶지 않냐는 말을 들으면 더 이상 어쩔 수 없습니다. 우스꽝스런 대답이든 그 무엇이든 할 수 없습니다. 광대 배우로서 완전한 낙제였습니다.

"책이 좋을 겁니다."

큰형이 진지한 얼굴로 대신 대답했습니다.

"그렇군."

아버지는 맥이 빠진 얼굴로 적지도 않고 수첩을 덮어버렸습니다.

이런 낭패가 있나, 내가 아버지를 성나게 했어. 아버지의 복수는 틀림없이 무서운 형태로 돌아올 게 틀림없다. 어떻게든 재빨리 수습할 수 없을까? 그날 밤, 이불 속에서 부들부들 떨면서 생각하고는 살며시 일어나 응접실로 가서 아버지가 조금 전 수첩을 넣어두었을 책상 서랍을 열었습니다. 그리고 수첩을 꺼내 선물 기입란을 찾아내고는 연필에 침을 발라 '사자탈'이라 적은 후 잠을 잤습니다. 나는 그 사자탈이 조금도 갖고 싶지 않았는데 말입니다.

오히려 책이 좋았습니다. 하지만 나는 아버지가 나에게 그 사자탈을 사주고 싶어 한다는 사실을 눈치채고, 아버지의 의향에 따라 화를 풀어드리고 싶은 심정으로 한밤중에 응접실에 숨어드는 모험을 굳이 감행했던 것입니다.

내가 감행한 비상 수단은 결국 계획한 대로 대성공을 거두었습니다. 이윽고 아버지가 도쿄에서 돌아와 어머니에게 큰 소리로 말하는 것을 나는 내 방에서 들었습니다.

"장난감 가게에서 이 수첩을 열어보니, 봐요, 여기에! '사자탈'이라고 적혀 있잖아요. 내 글씨가 아냐, 그럼 누굴까 하고 고개를 갸우뚱하고 생각하다가, 아, 이건 요조의 장난이다, 그놈은 내가 물어볼 때는 방긋방긋 웃기만 하고 대답을 안 하더니, 나중에는 갖고 싶어 견딜 수 없었던 거예요. 하여간 그놈은 별종이라니까. 시치미를 뚝 떼고 적어놓다니 말이야. 그렇게 갖고 싶으면 처음부터 말했으면 될 텐데. 가게 앞에 서서 엄청나게 웃었어요. 요조를 여기로 어서 부르세요."

또 나는 하인들을 마루방에 불러 모아 그중 한 명에게 피아노를 아무렇게나 두드리게 하고(시골이었지만 우리 집에는 거의 모든 것이 있었습니다) 나는 그 엉터리 곡에 맞춰 인디언 춤을 춰서 모두를 웃겼습니다. 둘째 형은 플래시를 터뜨려 나의 인디언 춤을 촬영했는데, 나중에 사진이 나온 걸 보니까 허리춤에 감은 보자기 사이로 작은 고추가 찍혀 있어 이 또한 온 집안을 웃음바다로 만들었습니다.

나는 매달 신간 소년 잡지를 열 권 이상이나 구독하고 있었고, 또 그 외에도 여러 종류의 책을 도쿄에서 신청해 보고 있었으므로 거기 등장하는 엉터리 박사나 수수께끼 박사 등에는 엄청 친숙했습니다. 또 괴담, 강담, 만담, 옛날 얘기 등에도 상당히 해박했으므로 아무렇지 않은 얼굴로 가족들을 웃기는 일은 별로 힘들지도 않았습니다.

그러나 아, 학교!

나는 그곳에서 존경을 받기 시작했습니다. 존경을 받는다는 관념 또한 나를 엄청 겁에 질리게 했습니다. 거의 완벽에 가깝게 사람을 속이다가 어떤 전지전능한 사람에게 간파되어 엉망진창이 될 때까지 당하고 죽을 맛 이상의 치욕을 얻는다, 이것이 '존경받는다'라는 상태에 대해 내가 내린 정의였습니다. 인간을 속여서 '존경받아도', 누군가 한 명은 알고 있다. 그리고 다른 사람들도 이윽고 그 사람에게 들어 속았다는 사실을 알게 되었을 때, 그때 사람들의 분노, 복수는 대체 어떤 것일까요? 상상만 해도 털이 쭈뼛하고 곤두서는 것 같았습니다.

나는 부잣집에서 태어났다는 사실보다도, 흔히 말하는 '공부를 잘한다'는 사실로 학교 전체의 존경을 받을 수 있었습니다. 나는 어릴 때부터 병약해서 한 달이나 두 달, 아니면 거의 한 학기 전부를 결석한 적도 있었습니다만, 그래도 병에서 갓 일어난 몸으로 인력거를 타고 학교에 가서 시험을 쳐보면 반의 누구보다도 '잘했던' 것이었습니다. 몸 상태가 좋을 때도 나는 전혀 공부를 하지 않았고, 학교에 가서도 수업 시간에는 만화 등을 그려 쉬는 시간에 그것을 반 아이들에게 보여서는 웃겼습니다. 또 작문 시간에는 우스갯소리만 적어 선생님에게 주의를 받아도 나는 그만두지 않았습니다. 선생님이 실은 남몰래 내 우스갯소리를 기대하고 있다는 사실을 잘 알고 있었기 때문입니다. 어느 날 어머니를 따라 도쿄에 가는 기차에서 객차 통로에 있는 쓰레기통에 소변을 본 실패담(하지만 쓰레기통인 줄 모르고 한 짓은 아니었습니다. 어린이의 순박함을 가장해 일부러 한 것이었습니다)을 일부러 슬픈 필치로 적어서 제출했는데, 나는 선생님을 틀림없이 웃길 자신이 있었으므로 직원실로 가시는 선생님의 뒤를 가만히 따라갔습니다. 선생님은 교실을 나가자마자 나의 작문을 작문 뭉치 속에서 찾아내 복도를 걸으면서 읽기 시작했습니다. 키득 키득 웃으며 읽기 시작하더니, 직원실로 들어가 다 읽으셨는지 얼굴이 벌게지며 박장대소를 하기 시작했습니다. 다른 선생님에게도 그 작문을 보여주는 장면을 확인하자, 나는 만족감을 느꼈습니다.

장난꾸러기.

나는 소위 말하는 장난꾸러기로 보이는 데 성공했습니다. 존경받는 것으로부터 벗어나는 데도 성공했습니다. 성적표는 선학년을 통틀어 10점이었습니다만 품행 성적만큼은 7점, 6점을 받아 그것 또한 집안 사람들에게 웃음을 주는 화젯거리가 되었습니다.

하지만, 나의 본성은 그런 장난꾸러기와는 전혀 반대였습니다. 그 무렵 이미 나는 하인들에게서 불미스런 짓을 배워 물들어 가고 있었습니다. 지금은 어린아이에게 그런 행동을 한다는 것은 인간이 행할 수 있는 범죄 중에서 가장 추악하고 수준 낮고 잔혹한 범죄라고 생각합니다. 그러나 나는 참았습니다. 그리고 인간 본성의 또 하나를 보았다는 생각까지 들어, 그냥 힘없이 웃고 말았습니다. 만약 나에게 사실을 말하는 습관이 배어 있었다면, 주눅 들지 않고 그들의 범죄를 아버지나 어머니에게 호소할 수 있었을지도 모릅니다. 하지만 나는 아버지나 어머니조차도 전부를 이해할 수는 없었습니다. 인간에게 호소하는 방법을 나는 전혀 기대할 수 없었습니다. 아버지에게 호소해도, 어머니에게 호소해도, 순경에게 호소해도, 정부에 호소해도, 결국은 처세가 능한 사람의 그럴싸한 주장에 휘둘려버리는 것이 아니겠습니까?

반드시 편파적으로 흐를 것이라는 사실을 잘 알았고, 나는 어차피 인간에게 호소하는 것은 헛된 일이라고, 역시 진실을 말하지 않고 참고 견디며 광대 짓을 계속 하는 것 이외에는 다른 방법이 없다고 생각했습니다.

'뭐야? 인간에 대한 불신을 말하는 거야? 네가 언제부터 기독교 신자가 된 거야?'라고 조소하는 사람이 있을지도 모르겠습니다만, 그러나 인간에 대한 불신이 반드시 곧 종교의 길로 통하는 건 아니라고 나는 생각합니다. 실로 그 조소하는 사람을 포함해, 인간이란 **상호 불신** 속에서 여호와든 그 무엇이든 염두에 두지 않고 아무렇지 않게 살고 있지 않습니까? 역시 나의 어릴 적 일이었습니다만, 아버지가 소속된 어떤 정당의 유명 인사가 우리 마을에 연설을 하러 왔을 때였습니다. 나는 하인들을 따라 극장에 연설을 들으러 갔습니다. 극장은 만원이었는데, 특히 이 마을에서 아버지와 친하게 지내는 사람들은 전부 나와서 큰 박수를 보내고 있었습니다. 연설이 끝나고 청중은 눈이 오는 밤길을 삼삼오오 짝을 지어 귀가했는데, 오늘 밤 연설회를 두고 마구 악평을 하는 것이었습니다. 그중에는 아버지와 특히 친한 사람의 목소리도 섞여 있었습니다. 아버지의 개회사도 형편없었다고, 또 유명 인사의 연설도 뭐가 뭔지 영문을 모르겠다며 소위 말하는 아버지의 '동지들'이 화난 목소리로 크게 떠들었습니다. 그런데 그 사람들이 우리 집에 들러 응접실로 올라와 오늘 연설회는 대성공이었다고, 마치 마음에서 우러나오는 것 같은 기쁜 얼굴로 아버지에게 말했습니다. 하인들까지도 오늘 밤 연설회는 어땠느냐는 엄마의 물음에 정말 재미있었다며 천연덕스러운 얼굴로 거짓말을 했습니다. 연설회처럼 재미없는 것은 없다고 돌아오는 길에 한탄했으면서 말입니다.

하지만 이런 것들은 고작 사소한 일례에 지나지 않습니다. 서로 속이지만 어느 누구도 신기하게 상처 하나 받지 않고, 또 서로 속이고 있다는 사실조차도 인식하지 못한 듯 실로 훌륭하게, 정말이지 맑고 밝고 쾌활한 불신의 예들이 인간 세상에 충만하다고 생각합니다. 그렇지만 나는 서로 속인다는 사실에는 그다지 특별한 흥미가 없습니다. 나 역시도 광대 짓으로 아침부터 밤까지 인간을 속이고 있으니 말입니다. 나는 도덕 교과서에 나올 법한 정의라든지 그 어떤 도덕에도 관심이 없습니다. 나에게는 서로 속이면서 맑고 밝고 쾌활하게 살고 있는, 아니면 살아가려는 인간들이 난해한 대상일 뿐이었습니다. 사람들은 끝내 나에게 그 묘수를 가르쳐주지 않았습니다. 그것만 알았다면 나는 사람들에게 그렇게까지 공포를 느끼지 않았을 테고, 또 필사적인 서비스를 하지 않아도 되었겠지요. 인간의 생활과 대립하며 밤마다 지옥 같은 고통을 맛보지 않아도 되었을 겁니다. 즉 내가 하인들의 그 가증스러운 범죄들조차 그 누구에게도 호소하지 않았던 것은 인간에 대한 불신에서 비롯된 것이 아니고, 또 물론 기독교 정신에서도 아니고, 인간들이 '요조'라고 부르는 나 자신에 대한 신뢰의 껍질을 단단히 닫았기 때문이라고 생각합니다. 부모님조차도 나에게는 난해한 것을 때때로 보여주셨으니까 말입니다.

그리고 누구에게도 호소할 수 없는 나의 고독의 향기를 많은 여성들이 본능적으로 알아차렸고, 그것이 훗날 여러모로 제 약점이 이용당한 원인이 된 것 같습니다.

즉 나는 여성들에게 있어 사랑의 비밀을 지킬 수 있는 남자였던 것입니다.

# 두 번째 수기

파도가 닿을 듯 바다와 가까운 해변에 새까만 껍질을 가진 상당히 큰 산벚나무가 스무 그루 이상 늘어서 있어, 새 학년이 시작되면 그 산벚나무는 갈색의 끈적끈적한 새잎과 함께 푸른 바다를 배경으로 현란하게 꽃을 피우고, 이윽고 꽃이 지는 시기가 되면 엄청난 양의 꽃잎이 바다를 수놓고 또 파도를 타고 다시 해변으로 되밀려 오는 그 벚꽃 모래사장을 그대로 교정으로 사용하는 도호쿠의 어느 중학교[1]에, 나는 수험 공부를 별로 하지 않았는데도 어쨌든 무사히 입학할 수 있었습니다. 그리고 그 중학교의 모자 휘장과 교복 단추에도 벚꽃은 피어 있었습니다.

중학교 바로 옆에 먼 친척 집이 있었는데, 그 이유로 아버지는 그 바다와 벚꽃의 중학교를 나로 하여금 선택하게 했습니다. 하여간 나는 그 집에 맡겨졌고, 집이 학교 바로 옆이었으므로 조례 종소리를 듣고 나서야 내달려 등교하는, 상당히 나태한 중학생이었습니다. 그래도 예의 광대 짓으로 인해 날이 갈수록 반에서 인기를 얻어갔습니다.

태어나서 처음으로 소위 타향이란 곳에 나간 것이었습니다만, 나에게는 타향이 태어난 고향보다는 훨씬 편안한 곳이라고 생각

---

1 다자이 오사무는 1923년 현립 아오모리중학교에 입학, 실제로 먼 친척이었던 이의 집에서 하숙했다. 작품상 바다와 인접했다는 서술은 그의 창작이다.

되었습니다. 나의 광대 짓도 그 무렵에는 어느 정도 몸에 붙어서 남을 속이는 데 전만큼 힘이 들지 않았기 때문이라고 해석해도 되겠지만, 그것보다는 육친과 타인, 고향과 타향, 이것들 사이에는 부정할 수 없는 연기 난이도의 차이가, 그 어떤 천재라도, 설령 신의 아들 예수에게조차 존재하는 것이 아닐까요? 배우에게 있어 가장 연기하기 힘든 곳은 고향의 극장이라 할 수 있는데, 더욱이 온 가족과 친척이 한 방에 모여 있으면 어떤 명배우라도 연기를 할 수 없는 것 아닐까요? 하지만 나는 연기해 왔습니다. 게다가 완벽하게 성공을 거두어왔습니다. 그 정도의 연기자가 타향에 나가 만에 하나라도 실수할 리는 없는 것입니다.

나의 인간에 대한 공포는 이전보다 더하면 더했지 조금도 수그러들지 않고 마음 한구석에서 꿈틀거리고 있었습니다. 하지만 연기는 실로 물이 올라 교실에서는 항상 급우들을 웃겼으며, 선생님도 "이 반에는 오바[1]만 없으면 진짜 좋은 반인데"라고 말로는 그랬지만 손으로 입을 가리고 웃고 있었습니다. 나는 우레 같은 호령을 치는 교련 장교조차도 손쉽게 웃길 수 있었습니다.

이제는 나의 정체를 완전히 은폐했구나, 하고 안도의 한숨을 내쉴 무렵, 나는 실로 의외의 존재에게 허를 찔렸습니다. 그는 배후에서 찌르는 사람이 항상 그러하듯 반에서 가장 빈약한 육체의 소유자였는데, 얼굴은 늘 창백했으며 틀림없이 아버지나 형으로부터 물려 입은 듯 소매가 쇼토쿠 태자처럼 긴 상의를 입었고, 공부는 엄청 못했으며 교련 시간이나 체육 시간에는 언제나 바라만 보는 백치 같은 학생이었습니다. 나도 정말이지 그 친

1 화자의 성씨.

구만큼은 경계할 필요가 없을 거라고 생각했습니다.

그날 체조 시간에 그 친구(성은 생각나지 않습니다만 이름은 '다케이치'라고 기억합니다)는 늘 그렇듯 참관을 하고 나머지는 철봉 연습을 하고 있었습니다. 나는 최대한 엄숙한 얼굴로 철봉을 향해 얏 하는 기합을 내며 뛰었습니다. 그대로 멀리뛰기처럼 앞으로 날아가 모래밭에 쿵 엉덩방아를 찧었습니다. 결국 모두가 웃음을 터뜨리고 나도 쓴웃음을 지으며 일어나 바지에 묻은 모래를 털고 있는데, 언제 다가왔는지 다케이치가 내 등을 손가락으로 쿡 찌르며 목소리를 낮추고 이렇게 속삭였습니다.

"일부러 그런 거지?"

나는 동요했습니다. 일부러 실패한 것을, 다른 사람도 아닌 다케이치에게 들킬 거라고는 전혀 생각지도 못했습니다. 세상이 한순간에 지옥의 불덩이에 휩싸이는 것을 눈앞에서 보는 듯해, 나는 와앗 하고 소리 지르고 미쳐버릴 것 같은 마음을 필사적인 노력으로 억제했습니다.

그 후로 매일같이 이어지는 나의 불안과 공포.

표면상으로는 변함없이 슬픈 광대를 연출하며 모두를 웃기고 있었습니다만, 나도 모르게 무거운 한숨이 나오고 무엇을 해도 모두가 다케이치에게 하나부터 열까지 간파되었다고, 그리고 다케이치는 어느 누구 할 것 없이 모두에게 그 사실을 퍼뜨리고 다닐 것이 틀림없다고 생각하면 이마에 식은땀이 송송 맺혔고, 미친 사람처럼 묘한 눈초리로 하릴없이 사방을 두리번거렸습니다. 할 수만 있다면 아침부터 밤까지 24시간을 다케이치 옆에 딱 붙어서 그가 비밀을 누설하지 않도록 감시하고 싶은 심정이었습니다. 그리고 내가 그와 함께 붙어 있는 동안 나의 광대 짓은 일부러 한 행동이 아니라 진짜였다는 것을 느끼도록 모든 노력을 기울이고, 또 잘만 되면 그와 둘도 없는 친구가 되어버리자고, 만약 이 모든 게 불가능하다면 이제 그의 죽음을 기도할 수밖에는 없다고 생각하게 되었습니다. 그러나 그를 죽인다는 생각만큼은 들지 않았습니다. 나는 이때까지 살아오면서 남에게 살해당하고 싶다는 생각은 수없이 많이 했지만 사람을 죽이고 싶다는 생각은 한 번도 해본 적이 없었습니다. 그건 두려운 상대로 하여금 오히려 행복을 맛보게 해주는 결과가 된다고 생각했기 때문입니다.

나는 그를 회유하기 위해 우선 얼굴에 기독교인 같은 '부드러운' 미소를 머금고, 고개를 왼쪽으로 30도 정도 기울이고는 그의 작은 어깨를 가볍게 안고, 부드럽고 달콤한 목소리로 하숙집으로 놀러오란 말을 던졌습니다. 하지만 그는 언제나 멍한 눈으로 쳐다볼 뿐 좀체 입을 열려고 하지 않았습니다. 그러나 어느 날 방과 후, 아마 초여름의 일이었을 겁니다. 소나기가 뿌옇게 세상을 뒤덮어 학생들이 귀가를 머뭇거리고 있었습니다. 그렇지만 나는 집이 바로 옆이라 아무렇지도 않게 밖으로 나가려는데, 문득 신발장의 한구석에 다케이치가 혼자 풀이 죽은 채 서 있는 것을 발견했습니다. "같이 가자. 우산을 빌려줄게"라고 말하고 주눅이 든 다케이치의 손을 끌어 함께 소나기 속을 뛰어 집에 도착했습니다. 젖은 상의를 숙모에게 말려달라고 부탁하고, 다케이치를 2층의 내 방으로 유인하는 데 성공했습니다.

그 집에서는 쉰 살이 넘은 숙모, 서른 살 정도로 안경을 끼고 어딘가 병이 걸린 것 같은 키 큰 언니(이 언니는 시집을 한 번 갔다가 다시 집으로 돌아왔습니다. 나는 이 언니를 이 집안사람들이 부르는 것처럼 언니라고 부르고 있었습니다), 그리고 최근에 여학교를 갓 졸업한 세쓰라는 이름을 가진, 언니와 달리 키가 작고 얼굴이 둥근 여자애까지 세 명뿐이었습니다. 1층 가게에서는 문방구나 운동용품을 팔고 있었습니다만, 주 수입은 죽은 남편이 남기고 간 대여섯 채의 셋방에서 나오는 월세였던 것 같습니다.

"귀가 아파."

다케이치는 우뚝 선 채 그렇게 말했습니다.

"비를 맞았더니, 아파."

들여다보니 두 쪽 귀가 엄청 짓물러져 있었습니다. 고름이 당장이라도 흘러내릴 것만 같았습니다.

"이거 큰일 났네. 많이 아프지?"

나는 일부러 엄청 놀란 듯한 태도로 말했습니다.

"빗속으로 나가자고 해서 미안해."

마치 여자가 말하는 듯한 말투로 '부드럽게' 사과하고, 밑에 내려가서 솜과 알코올을 가져와 다케이치를 무릎에 눕힌 뒤 정성스레 귀를 청소해 주었습니다. 다케이치도 이 행동이 위선에 찬 간계라고는 눈치채지 못한 듯, 내 무릎에 누워 "여자애들은 틀림없이 너에게 반할 거야"라며 어리석게도 칭찬까지 했습니다.

하지만 이것은 필시 다케이치 자신도 미처 의식하지 못했을 무서운 악마의 예언이었다는 것을, 나는 세월이 지난 다음에야 알게 되었습니다. '내가 누군가에게 반한다' 혹은 '누군가 나에게 반한다'는 말은 몹시 천박하고 어리석고도 건방진 느낌을 주는 말로, 그 어떠한 '엄숙한' 자리에서라 할지라도 이 말 한 마디가 고개를 내밀기만 하면 순식간에 우울의 벽이 붕괴되어 그저 밋밋해져 버리는 느낌이 듭니다. 그런데 '남이 나에게 반하는 고통' 같은 속된 언어가 아니라 '사랑을 받음으로써 생겨나는 불안'이라는 문학 용어를 사용하면 적어도 우울의 벽을 부숴버리는 일은 없을 테니, 참 묘하지요.

내가 귀를 치료해 주자 다케이치는 여자들이 나를 좋아할 거라는 바보 같은 칭찬을 했고, 나는 그때 단지 얼굴을 붉히고 미소를 지으며 아무 대꾸도 하지 않았습니다. 그러나 실은 어렴풋이 짐작이 가는 면도 있었습니다. 그러나 '반한다'라는 야비한 말에서 생기는 건방진 분위기를 두고 '그렇게 듣고 보니 짐작이 가는 면도 있다'라고 말하는 것은 거의 만담에서나 나올 법한 바보 같은 감정을 나타내는 것으로, 설마 나 자신이 그런 천박하고 어리석은 기분으로 '짐작이 가는 면도 있다'라고 한 건 아닙니다.

나에게는 인간 중에서도 여자가 남자보다 훨씬 더 난해한 대상이었습니다. 가족 중에는 여성이 남성보다 많았고, 친척 중에도 여자아이들이 많았으며, 또 앞에서 말했던 '범죄'를 저질렀던 하녀도 있어, 여자들하고만 놀면서 컸다고 해도 과언이 아니었습니다. 하지만 살얼음을 걷는 심정으로 그 여자들을 대해왔습니다. 정말이지 여자란 종잡을 수 없었습니다. 오리무중 속을 헤매는 것 같고, 때때로 호랑이 꼬리를 밟는 실수를 해서 심한 상처를 입고, 또 그 상처란 것이 남성에게서 받는 채찍과는 달리 내출혈처럼 극도로 불쾌하게 내면을 괴롭히는 통에 좀체 치유되지 않았습니다.

여자란 '끌어당기고 있구나'라고 생각하면 내치고, 사람들이 있는 데서 나를 헐뜯으며 험악하게 대하고, 아무도 없으면 꼭 껴안았습니다. 여자들은 죽은 듯 깊이 잠든다. 잠을 자기 위해 사는 것이 아닐까. 또 여자에 대해 여러모로 어린 시절부터 관찰해 왔습니다만, 같은 인간인 것 같으면서도 남자와는 또 완전히 다른 생물이라는 느낌이 들다가, 이 불가사의하고 방심하지 못할 생물이 또 묘하게 나를 감싸안는 것이었습니다. '상대가 나에게 반한다'라는 말도, '상대가 나를 좋아한다'라는 말도 나의 경우에는 어울리지가 않고, 그나마 '감싸안아 준다'라고 하는 편이 적확하지는 않지만 그래도 실상을 설명하는 말로 적당할지 모르겠습니다.

여자는 남자보다 훨씬 더 광대 짓을 좋아하는 것 같았습니다. 내가 광대 짓을 하면 남자들은 그렇게 언제까지고 깔깔대고 웃고 있지는 않았으며, 게다가 나도 남자들 상대로는 내가 흥에 겨워 과하게 광대 짓을 할 경우 반드시 실패한다는 사실을 잘 알고 있었으므로 반드시 적당한 때에 그만두는 것을 철칙으로 삼았습니다. 한데 여자들은 적당한 선을 몰라 언제까지고 나에게 광대 짓을 요구하고, 나도 그 끝없는 앙코르에 응하다 보면 완전히 녹초가 되어버리는 것이었습니다. 정말이지 쉬지 않고 웃었습니다. 분명 여자는 남자보다도 훨씬 더 쾌락을 탐닉하게끔 태어난 모양입니다.

내가 중학교 시절에 하숙했던 그 집의 자매도 틈만 나면 2층의 내 방으로 올라왔습니다. 나는 그때마다 거의 펄쩍 뛰듯이 놀랐고 또 시종 겁에 질렸습니다.

"공부해?"

"아뇨."

이렇게 말한 나는 미소를 지으며 책을 덮고, "오늘 말이죠, 학교에서 '곤봉'이라고 불리는 지리 선생이……"라고 내 입에서 술술 나오는 것은 마음에도 없는 우스갯소리였습니다.

"요조, 안경 한번 껴볼래?"

어느 날 밤, 동생 세쓰가 언니와 함께 내 방에 놀러와 광대 짓을 마음껏 시키고는 이렇게 말했습니다.

"왜?"

"하여간 껴보라니까. 자 어서, 안경을 껴봐."

언제나 이런 명령조의 말투였습니다. 어릿광대는 순순히 언니의 안경을 꼈습니다. 끼자마자 두 여자는 배를 잡고 깔깔대기 시작했습니다.

"똑같아, 로이드하고 똑같아."

당시 해럴드 로이드라는 외국 희극 배우가 일본에서 인기였습니다. 나는 일어서서 한 손을 높이 들고 "제군"이라 말한 뒤, "이번 기회에, 일본에 계시는 팬 여러분에게……"라는 일장 연설을 시도해 더욱 웃겼습니다. 그 후 로이드의 영화가 동네 극장에 들어올 때마다 보러 가서는 남몰래 그의 표정 등을 연구했습니다.

또 어느 가을 밤, 누워서 책을 읽고 있자니 언니가 닭이 뛰어들 듯 내 방에 뛰어 들어와서는 갑자기 내 위로 쓰러져 우는 것이었습니다.

"요조, 날 구해줄 거지? 그렇지? 이따위 집, 함께 나가 버리자! 도와줄 거지? 도와줘!"

언니는 이렇게 격앙된 말을 던지고는 울기 시작했습니다. 하지만 여자가 나에게 이런 모습을 보이는 것이 처음은 아니었으므로 나는 언니의 과격한 말투에도 그다지 놀라지 않았으며, 오히려 그 진부하고 알맹이 없는 말에 김이 빠져서는 살며시 이

불에서 빠져나와 책상 위에 있는 감을 깎아 언니에게 한 조각을 주었습니다. 그러자 언니는 울먹이며 그 감을 먹고는 "뭐 재미있는 책 없어? 빌려줘"라고 말했습니다.

나는 소세키의 『나는 고양이로소이다』라는 책을 책꽂이에서 골라주었습니다.

"잘 먹었어."

언니는 부끄러운 듯 웃으며 방을 나갔지만, 언니뿐 아니라 대체 여자들이란 무슨 생각을 하며 살고 있는 건지, 그걸 생각해보는 것 자체가 나에게는 지렁이의 생각을 캐내는 것보다 더 까다롭고 성가시고 기분 나쁜 일이었습니다. 하지만 나는 여자가 이렇게 갑자기 울기 시작했을 때 뭔가 단 것을 주면 그걸 먹고 기분이 좋아진다는 사실만큼은 어릴 때부터의 경험에 비추어 알고 있었습니다.

그런가 하면 동생 세쓰는 자기 친구들까지 내 방에 데려왔습니다. 나는 늘 그렇듯 공평하게 모두를 웃겨주었고 친구들이 돌아가면 세쓰는 반드시 그 친구들의 욕을 했습니다. "그 친구는 불량소녀니까 조심해"라는 말을 반드시 하는 것이었습니다. '그럼 데리고 오지 않으면 될 텐데'라고 생각했지만 하여간 덕분에 내 방의 손님은 거의 모두 여자였습니다.

하지만 이것은 아직 다케이치의 아부성 칭찬이었던 '여자애들은 너에게 반할 거야'라는 말의 실현이 결코 아니었습니다. 즉 나는 일본 도호쿠 지방의 해럴드 로이드에 지나지 않았던 것입니다. 다케이치가 아무 생각 없이 말한 칭찬이 불길한 예언으로서 생생하게 그 전모를 드러낼 때까지는 수년의 시간이 필요했습니다.

다케이치는 나에게 또 하나의 중대한 선물을 해주었습니다.

"도깨비 그림이야."

언젠가 내 방에 놀러온 다케이치가 득의양양한 얼굴로 내게 한 장의 원색 그림을 보여주면서 이렇게 말했습니다.

'어라?' 하고 놀랐습니다. 그 순간, 내가 걸어갈 길이 정해져 버린 것 같은 느낌이 들었던 겁니다. 나는 알고 있었습니다. 그 그림은 다름 아닌 고흐의 자화상이었습니다. 나의 소년 시절에는 프랑스 인상파 그림이 엄청 유행해서 서양화 감상의 첫걸음은 대개 거기서부터 시작했습니다. 고흐, 고갱, 세잔, 르누아르 등의 그림은 시골 중학생이라도 대부분 알고 있었습니다. 나도 컬러로 인쇄된 고흐의 그림을 상당히 많이 본 터였고, 붓 터치가 재미있다는 사실과 선명한 색채에 흥미를 느끼고 있었습니다. 하지만 도깨비 그림이라고 생각한 적은 한 번도 없었습니다.

"그럼 이런 그림은 어때? 역시 도깨비 그림이야?"

니는 책꽂이에서 모딜리아니의 화집을 꺼내, 붉게 그을린 피부의 나체상을 다케이치에게 보여주었습니다.

"와, 죽인다."

다케이치는 눈이 휘둥그레지며 감탄했습니다.

"지옥의 말 같아."

"역시 도깨비 그림이야?"

"나도 이런 그림을 그리고 싶어."

인간에 대한 공포심이 강한 사람은 오히려 더욱더 무서운 요괴를 확실하게 자기 눈으로 확인해 보고 싶어 하는 심리, 신경질적이고 겁이 많은 사람일수록 폭풍우가 더욱 거세지기를 바라는 심리. 아아, 이 화가들은 인간이라는 도깨비에 상처를 받고 겁먹은 결과 결국에는 환영을 믿게 되었고, 백주의 자연 속에서 생생하게 요괴를 본 것입니다. 게다가 그들은 광대 짓으로 속이려 들지 않고 보이는 그대로를 표현하는 데 온 힘을 다한 것입니다. 다케이치처럼 용감하게 '도깨비 그림'을 그린 것입니다. 여기 미래의 나의 동지가 있다고 느낀 나는 눈물이 나올 만큼 흥분해서는 "나도 그릴게. 도깨비 그림을 그릴게. 지옥의 말을 그릴게"라고, 왠지 모르게 한껏 소리를 낮추어 다케이치에게 말했습니다.

나는 초등학생 때부터 그림을 그리는 것도, 보는 것도 좋아했습니다. 하지만 내가 그린 그림은 작문과 달리 주위로부터 좋은 평가를 받지 못했습니다. 나는 원래 인간이 언어를 조금노 믿지 않았으므로 작문이란 나에게 있어 단지 광대의 인사말 같은 것이어서 초등학교와 중학교 연이어 선생님들을 광분하게 해왔습니다만, 나 자신은 전혀 흥미를 가지지 못했습니다. 그런데 그림만은(만화는 별개의 것이었습니다만) 그 대상을 표현하는 데 있어 유치하지만 나름대로 많은 고심을 해왔습니다. 학교에서 미술 시간에 사용하는 교본은 조금도 재미가 없었고 선생님의 그림도 서투르기 짝이 없어, 나는 내 마음대로 여러 가지 표현법을 스스로 궁리해 시도해 보지 않으면 안 되었습니다. 중학교에 들어가서 유화의 도구를 전부 갖추고 터치의 기본을 인상파의 화풍에서 본떠 그려보았지만 마치 지요가미[1]처럼 밋밋한 느낌을 줄 뿐 전혀 볼품이 없었습니다. 하지만 다케이치의 말로 인해 지금까지 그림에 대한 나의 마음가짐이 완전히 달라졌습니다. 아름답다고 느낀 것을 그대로 아름답게 표현하고자 한 느슨함과 멍청

1  종이에 여러 가지 문양을 목판으로 인쇄한 것.

함. 대가들은 아무것도 아닌 것을 주관에 따라 아름답게 창조하고, 추한 것에 구토감을 느끼면서도 그것에 대한 흥미를 감추지 않고 표현의 기쁨에 빠져 있는 것입니다. 즉 타인의 사고방식에 구애받지 않는 태고의 비법을 다케이치에게 전수받아 나는 늘 찾아드는 여자 손님들에게도 숨기고 조금씩 자화상 제작에 착수했습니다.

나 자신도 깜짝 놀랄 정도의 음산한 그림이 완성되었습니다. 이 그림이야말로 마음속 깊이 감춰온 나의 정체다, 겉으로는 밝게 웃으며 사람을 웃기고 있지만 실은 이런 음울한 마음을 나 자신은 가지고 있다. 하지만 그게 사실인 걸 어떡하겠는가. 이렇게 나는 남몰래 긍정했지만, 그 그림을 다케이치 말고 다른 사람에게는 절대 보여주지 않았습니다. 나의 광대 짓 이면에 있는 음침함이 간파될까 봐 갑자기 소심하게 경계한다는 것도 내키지 않았고, 이것이 나의 정체라고는 눈치채지 못하고 다른 새로운 종류의 광대 짓이라고 간주해 또 웃음거리가 될지도 모른다는 걱정도 들었는데, 그건 무엇보다 괴로운 일이었기에 그 그림을 곧바로 벽장 깊이 감춰두었습니다.

또 학교 미술 시간에도 나는 그 '도깨비식 수법'을 감춰두고, 지금까지 해온 대로 아름다운 것을 아름답게 표현하는 평범한 기법으로 그렸습니다.

나는 다케이치한테만큼은 전부터 나의 상처받기 쉬운 성격을 아무렇지도 않게 보여주고 있었기에 이번 자화상도 안심하고 다케이치에게 보여줬습니다. 엄청난 칭찬을 받고 도깨비 그림을 연달아 몇 장 더 그려서 보여줬더니 다케이치로부터 또 "너는 훌륭한 화가가 될 거야"라는 예언을 듣게 되었습니다.

여자들이 내게 반할 것이란 예언, 그리고 훌륭한 화가가 될 거란 예언. 이 두 개의 예언을 바보 다케이치는 내 이마에 각인했고, 이윽고 나는 도쿄로 나갔습니다.

나는 미술 학교에 들어가고 싶었습니다만 아버지는 나를 고등학교에 보내 장차 관리로 만들 생각이었고 나한테도 그렇게 말했으므로, 말대꾸 한 마디 못 하는 체질인 나는 멍하니 그 말을 따랐습니다. 4학년 때 시험 한번 보자는 아버지의 말에, 나도 벚나무와 바다의 중학교는 이제 적당히 질리기도 해서 5학년으로 진급하지 않고 4학년만 수료한 채 도쿄의 한 고등학교에서 시험을 치고 합격하여 곧바로 기숙사 생활을 했습니다. 그러나 불결하고 난폭한 기숙사 생활에 질려 광대 짓을 할 엄두도 못 내고, 의사에게 '폐 침윤'이란 진단서를 발급받고 기숙사를 나와 사쿠라기초에 있는 아버지의 별장으로 옮겼습니다. 나에게는 단체 생활이란 것이 도대체가 불가능한 일이었습니다. 게다가 청춘의 감격이라든가 젊은이의 특권 같은 말을 들으면 소름이 끼쳤고, 도저히 그 '하이스쿨 스피릿'이라는 것을 쫓아갈 수 없었습니다. 교실도 기숙사도 그저 비뚤어진 성욕의 배출구라는 생각이 들어 나의 완벽에 가까운 광대 짓도 그곳에서는 전혀 도움이 되지 않았습니다.

아버지는 의회가 열리지 않을 때는 한 달에 한 주 내지는 두 주만 그 집에 머물렀고, 아버지가 집을 비우면 꽤 넓은 집에 별장지기 노부부와 나, 이렇게 세 명뿐이었으므로 나는 때때로 학교를 나가지 않았습니다. 그렇다고 도쿄를 구경하러 다닐 마음도 들지 않아서(나는 결국 메이지 신궁도, 마사시게의 동상도, 센가쿠지에 있는 47인의 사무라이 무덤도 보지 못하고 끝날 것 같군요)

집에서 하루 종일 책을 읽거나 그림을 그렸습니다. 아버지가 상경하면 나는 매일 아침 부지런히 등교하는 척 집을 나섰지만, 혼고 센다기초에 있는 서양화가 야스다 신타로 씨의 화랑에 가서 세 시간이고 네 시간이고 데생 연습을 했습니다. 고등학교 기숙사에서 나오니 학교 수업에 들어가도 나는 마치 청강생과 같은 특별한 위치에 있는 것 같았고, 물론 이건 나의 자격지심 때문일지도 모르겠지만, 뭐라고 표현할 수 없는 지겨운 느낌이 들어 더욱더 학교에 가는 게 귀찮아졌습니다. 나는 초등학교, 중학교, 고등학교에서 결국 애교심愛校心이라는 것을 줄곧 이해하지 못하고 마쳐버렸습니다. 교가 따위를 외우려고 한 적 역시 한 번도 없었습니다.

이윽고 화랑에서 어떤 화가 지망생으로부터 술과 담배와 매춘부와 전당포와 좌익 사상을 배웠습니다. 묘한 조합입니다만, 사실이었습니다.

그 화가 지망생은 호리키 마사오란 이름의 도쿄 변두리 출생으로, 나보다 여섯 살 많았으며 사립 미술 학교를 졸업했지만 집에 아틀리에가 없는 탓에 이 화랑에 다니면서 그림 공부를 계속하고 있다고 말했습니다.

"5엔, 빌려주지 않을래?"

서로 얼굴을 알고 있었을 뿐 그때까지 아직 한마디도 나눈 적이 없었습니다. 나는 당황하면서 5엔을 내주었습니다.

"좋아, 마시자. 내가 너한테 한턱낼 테니까. 좋은 놈이군."

나는 차마 거부할 수 없어 화랑 근처 호라이초에 있는 카페에 이끌려 갔고, 이를 계기로 그와의 교우가 시작되었습니다.

"전부터 너에게 눈독 들이고 있었어. 그래, 바로 수줍어하는 그 미소, 그게 전도가 유망한 예술가 특유의 표정이지. 친구가 된 기념으로 건배! 기누 씨, 이 친구 미남이지? 반하면 안 돼! 이 친구가 화랑에 나타난 덕에 유감스럽게 나는 두 번째 미남으로 강등되었지."

얼굴이 까무잡잡하고 단정한 호리키는 화가 지망생으로서는 드물게 말쑥한 양복을 입고 넥타이 취향도 세련되었으며 머리에는 포마드를 발라 머리 정중앙에 가르마를 탔습니다.

나에게는 낯선 장소이기도 하고, 그냥 무서워 팔짱을 꼈다 풀었다 하며 그야말로 수줍은 미소만 짓고 있었습니다만, 맥주를 두세 잔 마시는 동안에 묘하게 해방감과 비슷한 가벼움을 느끼게 되었습니다.

"미술 학교에 들어가려고 했는데……."

"아니, 안 돼. 학교란 곳은 진짜 재미없는 곳이야. 우리의 스승은 자연 속에 있지! 자연의 정열을 위하여!"

나는 그의 말에 조금도 경의를 느낄 수 없었습니다. 바보 같은 사람이군, 그림도 형편없을 거야. 하지만 놀기에는 좋은 친구일지도 모른다고 생각했습니다. 다시 말해 나는 그때 태어나서 처음으로 진짜 도시의 건달을 본 것입니다. 그 사람은 나와 형태는 달랐지만 역시 이곳 인간 세계에서 완전히 유리된 채 방황한다는 점에 있어서는 나와 동류였습니다. 그런데 그는 광대 짓을 무의식중에 행하고 있었고, 게다가 그 광대 짓의 비참함을 전혀 느끼지 못하고 있다는 것이 나와 본질적으로 다른 점이었습니다.

다만 놀기만 할 뿐이다. 같이 노는 상대로서 교제하는 것뿐이다. 이렇게 생각한 나는 항상 그를 경멸하고, 때로는 그와의 교우를 부끄럽게 생각하면서도 그와 함께 다니다가 결국 이 남자에게도 당하고 말았습니다.

처음에는 이 사람을 좋은 사람, 보기 드문 좋은 사람이라고만 생각했습니다. 인간에 대한 공포에 떨고 있는 나도 완전히 방심해서는 도쿄에 좋은 안내자가 생겼다고 생각했던 것입니다. 나는 사실 혼자서 전차를 타면 차장이 무섭고, 가부키 극장[1]에 들어가고 싶어도 정면 현관에 융단이 깔려 있는 계단 양옆으로 서 있는 안내양들이 무섭고, 레스토랑에 들어가면 내 뒤에 가만히 서서 접시가 비기만을 기다리고 있는 웨이터가 무섭습니다. 특히 계산할 때 너무나도 굳어버려 어쩔 줄 몰라 하는 나의 태도, 아아, 나는 물건을 사고 돈을 줄 때 인색해서가 아니고 너무나도 긴장한 나머지, 또 부끄럽고 불안하고 두려워 현기증이 나고, 세상이 깜깜해지는 것 같고, 거의 미칠 듯한 기분이 들어 값을 깎기는커녕 잔돈 받는 걸 잊어버릴 뿐 아니라 구매한 물건을 놔두고 오는 일까지 종종 있을 정도였으므로 도저히 혼자서 도쿄 시내를 다닐 수 없었습니다. 그래서 할 수 없이 하루 종일 집에서 빈둥거리고 있을 수밖에 없는 남모를 사정도 가지고 있었습니다.

그런데 호리키에게 지갑을 맡기고 함께 다니자, 호리키는 흥정도 엄청 잘하고 게다가 노는 데는 이력이 났다고 할까, 불과 얼마 되지 않은 돈으로 최대의 효과를 거둘 수 있게 돈을 썼으며, 비싼 택시는 멀리하고 전차, 버스, 기차 등 제각기 이용 방법을 달리해 최단 시간에 목적지에 도착하는 수완을 보이기도 했습니다. 매춘부의 집에서 돌아오는 다음 날 아침에는 어떤 요정

1 도쿄 긴자에 있는 전통 극장. 1899년에 개관했다.

에 들러 목욕을 하고 따뜻한 두부를 안주 삼아 가볍게 한잔하는 것이 저렴한 반면 부자가 된 기분을 느끼게 해준다며 산교육을 해주었고, 그 외에도 포장마차의 소고기덮밥, 꼬치 등은 값이 싸면서 영양이 풍부하다고 강조했으며, 빨리 취하기에는 브란²보다 좋은 것은 없다고 주장했고, 어쨌든 계산하는 데 있어서 내가 조금의 불안이나 공포를 느끼게 한 적이 없었습니다.

또한 호리키와 교제하면서 좋은 점은, 호리키가 상대방의 기분이 어떻든 완전히 무시하고 소위 정열이 분출되는 대로(어쩌면 정열이란 것이 상대방의 입장을 무시하는 걸지도 모르지요) 24시간 쓸데없는 얘기를 계속했으므로 함께 걷다가 서먹한 침묵에 빠질 염려가 전혀 없다는 것이었습니다. 사람을 접할 때 정말이지 무시무시한 침묵이 흐르는 순간을 경계해서 원래는 입이 무거운 나 자신조차 지금이 중요한 타이밍이라 여기고 필사적으로 광대 짓을 해왔습니다만, 지금 여기 호리키라는 바보가 아무 생각 없이 그 광대 짓을 스스로 나서서 해주니 나는 대답도 건성으로 하고 얘기를 흘려들으면서 때때로 "설마?"라고 말하며 웃어주기만 하면 되었습니다.

술, 담배, 매춘부. 그것들이 모두 인간에 대한 공포를 설령 한순간일지언정 잊게 해주는 상당히 훌륭한 수단이라는 사실을 이윽고 나도 알게 되었습니다. 그런 수단을 구하기 위해서는 내가 소유하고 있는 모든 것을 팔아도 후회하지 않겠다는 생각마저 들었습니다.

나에게는 매춘부가 인간도 여자도 아닌 백치나 광인처럼 느

---

2  브랜디와 비슷한 술의 상표명. 도쿄 아사쿠사에 있는 한 바에서 처음 만들었다.

껴져, 그 품 안에서 나는 오히려 안심하고 푹 잘 수 있었습니다. 매춘부들은 하나같이 슬플 정도로, 정말 털끝만큼도 욕심을 내지 않았습니다. 그리고 나에게 동족의 친밀감 같은 것을 느꼈는지, 매춘부들은 언제나 내가 불편을 느끼지 않을 정도의 자연스런 호의로 대해주었습니다. 계산 없는 호의, 강요가 아닌 호의, 두 번 다시 안 올지도 모를 사람한테 주는 호의. 그 백치나 광인 같은 매춘부들에게서 실제로 마리아의 후광을 본 밤도 있었습니다.

그러나 나는 인간에 대한 공포로부터 벗어나기 위해, 소박한 하룻밤의 휴식을 찾기 위해 그곳에 갔고, 그야말로 나와 '동족'인 매춘부들과 노는 사이에 어느샌가 무의식적으로 일종의 꺼림칙한 분위기를 풍기게 되었는데, 이것은 나도 전혀 계산하지 못한 소위 '부록' 같은 것이었습니다만 점차 그 '부록'이 선명하게 표면으로 떠올라 호리키에게 그 점을 지적당하고는 깜짝 놀랐으며 기분이 상했습니다. 속된 말로 나는 매춘부들에 의해 여자 수행修行을 쌓았고, 게다가 최근에는 실력이 상당히 향상되었던 것입니다. 여자 수행은 매춘부를 통해 하는 것이 가장 힘들고 그만큼 효과가 좋다고 합니다만, 이미 나에게는 '탕아'의 냄새가 풍겨 여자들이(매춘부뿐만 아니라) 본능적으로 그 냄새를 맡고 나를 따랐습니다. 그처럼 음란하고 불명예스런 분위기를 '부록'으로 받아, 이것이 거둔 성과가 내 휴식보다 훨씬 더 눈에 띄게 되어버린 것입니다.

호리키는 반쯤은 아부로 말했겠지만, 나에게도 별로 유쾌하지 못한 경험이 있긴 했습니다. 예를 들면 다방 종업원으로부터 유치한 편지를 받은 적도 있었고, 사쿠라기초의 이웃집인 장군 댁의 스무 살 정도 된 딸이 매일 아침 내가 등교하는 시간에 별 볼일도 없으면서 화장한 모습으로 자기 집 앞을 어슬렁거렸으며, 소고기를 먹으러 가면 아무 말 하지 않았는데도 그 집의 일하는 여자가……. 또 매일 들리는 담뱃가게의 딸이 보내온 담뱃갑 속에……. 가부키를 보러 갔다가 옆자리 여자가……. 심야에 전차에서 취해 자고 있는데……. 생각도 못 했던 고향의 친척집 딸로부터 마음이 담긴 편지가 오고……. 누군지도 모르는 아가씨가 내가 집을 비운 사이 놓고 간 손수 만든 인형……. 내가 극도로 소극적이었기에 그 어느 경우도 더 이상의 진전을 보이지 않았습니다. 하지만 여자가 꿈을 꾸게 하는 분위기가 나에게 있다는 사실은, 영웅담이나 뭐 그런 농담이 아니라 진실이었습니다. 나는 그것을 호리키 같은 자에게 지적받았다는 사실에 굴욕과도 같은 고통을 느꼈으며, 동시에 매춘부와 노는 일에도 갑자기 흥미를 잃게 되었습니다.

호리키는 또 그 허영에 찬 모더니티에서(지금 생각해 봐도 호리키한테 그 이외의 이유가 있었다고는 생각할 수 없습니다), 어느 날 나를 공산주의 독서회라는(R. S.라고 한 것 같았는데 기억이 잘 나지 않습니다) 비밀 연구회에 데려갔습니다. 호리키의 입장에서는 공산주의 비밀 회합 역시 '도쿄 안내'의 하나였는지도 모르겠습니다. 나는 소위 말하는 '동지'에게 소개되었고, 팸플릿을 한 장 사서 맨 윗자리에 앉아 있던 엄청 험상궂게 생긴 청년한테 마르크스 경제학 강의를 들었습니다. 하지만 나에게는 그 강의가 너무나도 잘 아는 내용인 것처럼 느껴졌습니다. 그도 그럴 것이 인간의 내면에는 이해할 수 없는 무서운 것이 있다고, 욕심이라 표현하기에는 뭔가 부족하고 허영심이라고 해도 부족한, 색욕과

욕심 둘을 합쳐놓고 봐도 부족한, 나도 잘 모르겠지만 인간 세상의 밑바닥에는 경제뿐만 아니라 이상한 괴담 같은 것이 있다는 생각이 들어, 그 괴담에 겁먹고 있는 나에게는 소위 말하는 '유물론'이 마치 물 흐르는 듯 자연스럽게 이해되면서도 그것을 통해 인간에 대한 공포에서 해방되고 푸른 잎을 향해 눈을 뜨며 희망의 기쁨을 느끼게 되는 일 등은 없었습니다. 그렇지만 나는 한 번도 결석하지 않고 그 R. S.(라고 했던 것 같습니다만 틀렸을지도 모릅니다)에 출석했고, '동지'들이 묘하게 마치 큰일을 치르듯 심각한 얼굴로 '하나 더하기 하나는 둘'이란 식의 거의 초등학교 산수 같은 이론 연구에 몰두하고 있는 게 너무 우스꽝스러워 견딜 수 없었습니다. 그래서 나는 광대 짓으로 회합의 분위기를 부드럽게 만드는 일에 공을 들였고, 그 덕택인지 점차 연구회의 딱딱한 분위기도 수그러졌습니다. 결과적으로 내가 그 회합에 없어서는 안 될 인기 있는 사람이 되어버렸습니다. 이 단순한 사람들은 나를 자기들처럼 단순하고 낙천적이며 익살맞은 '동지' 정도로 생각하고 있었는지도 모르겠습니다만, 만약 그렇다면 그 사람들은 하나부터 열까지 속고 있었던 것입니다. 나는 동지가 결코 아니었습니다. 하지만 그 회합에 언제나 빠지지 않고 출석해서 모두에게 광대 짓을 서비스했습니다.

좋아서 한 짓이었습니다. 그 사람들이 마음에 들었기 때문입니다. 하지만 마르크스에 의해 피어난 친밀감은 결코 아니었습니다.

비합법. 나에게는 그것이 즐거웠던 겁니다. 오히려 비합법적인 곳에 있는 게 편했습니다. 세상의 합법이란 것이 오히려 두려웠고(그것의 밑바닥에서는 보이지 않는 강한 구속이 느껴졌습니다) 구조가 불가사의했으며, 도저히 그 창문 하나 없고 뼛속까지 사무치게 추운 방에는 앉아 있을 수 없었습니다. 설령 바깥세상이 비합법의 바다라고 해도 그곳에 뛰어들어 헤엄을 치다가 결국에는 죽음에 이르는 편이 나에게는 더욱 편할 것 같았습니다.

'음지의 인간'이라는 말이 있습니다. 인간 세상에서는 불쌍한 자, 패자, 악덕한 자를 지칭하는 말인 것 같습니다만 나는 내가 **태어날 때부터 음지의 인간**이라는 생각이 들어, 세상으로부터 "저 사람은 음지의 인간이야"라고 손가락질당하는 사람과 만나면 언제나 온화한 마음이 생겼습니다. 그리고 그 '온화한 마음'은 나 자신도 푹 빠질 정도의 온화한 마음이었습니다.

또 '범죄 의식'이라는 말이 있습니다. 나는 이 인간 세상에서 평생 그 의식에 괴로워하면서도 동시에 그것을 나의 조강지처와 같은 좋은 반려자로 여겼습니다. 이것과 둘이서 쓸쓸히 장난치며 노는 것도 내가 사는 모습의 하나였을지도 모릅니다. 또 속된 말로 '정강이에 상처가 있다'는 말이 있습니다.[1] 그 상처는 내가 강보에 쌓여 있었을 때부터 한쪽 정강이에 저절로 나타나더니 성장하면서 치유되기는커녕 더욱더 커져만 갔습니다. 뼈까지 파고드는 그 지옥과도 같은 고통에 밤마다 시달렸지요. 그러나 (대단히 기묘하게 들릴지도 모르겠습니다만) 그 상처는 점차 나의 혈육보다도 더 친밀해졌고, 그 상처가 주는 고통이 살아 있는 감정 또는 애정에 어린 속삭임으로까지 느껴졌습니다. 그런 나에게 있어 그 지하운동 그룹의 분위기는 이상하게도 안심이 되고 또 편안했습니다. 다시 말해 그 운동의 본래 목적보다도, 그

1  떳떳하지 못하고 무언가 켕기는 것이 있음을 뜻하는 말.

운동의 분위기가 나에게 딱 맞는 것 같았습니다. 사실 호리키는
반쯤은 장난처럼 생각하고 있었을 뿐, 나를 소개하러 그 회합에
한 번 참여하고는 마르크스주의자는 생산 분야의 연구뿐 아니
라 소비 분야의 시찰도 할 필요가 있다는 식의 말도 안 되는 소
리를 지껄였으며, 그 회합 근처에는 얼씬도 하지 않으면서 어쨌
든 나를 소비 분야의 시찰로만 불러내려고 안간힘을 썼습니다.
생각해 보면 그 당시에는 여러 종류의 마르크스주의자가 있었습
니다. 호리키처럼 허영에 찬 모더니티에서 마르크스주의자라 자
칭하는 이, 또 나처럼 단지 비합법의 공기가 마음에 들어 안주해
버린 자도 있었는데, 만약 우리의 실체가 마르크시즘의 진짜 신
봉자들에게 발각되었다면 우레 같은 호통과 함께 비열한 배신자
로서 바로 추방되었을 것입니다. 하지만 나를 비롯해 호리키조
차도 제명 처분을 받지 않았을 뿐 아니라 특히 나는 그 비합법
의 세계에서 합법적인 신사들의 세계에서보다 오히려 더 나래
를 펴고 '건강'하게 지낼 수 있었으므로, 유망한 '동지'로서 정말
웃음이 터질 만큼 지나치게 비밀스러운 여러 임무를 맡게 되었
습니다. 또 사실 나는 그런 임무를 한 번도 거절하지 않았고, 아
무렇지도 않게 뭐든지 맡아 괜히 긴장해서는 개(동지들은 경찰을
그렇게 불렀습니다)한테 의심을 받아 불심검문에 걸린 적도 없었
으며, 웃으면서 또 남을 웃기면서 그들이 위험하다고 칭하는 일
들도(그 운동을 하는 친구들은 모두가 무슨 큰일이라도 하는 듯 긴
장하고 탐정소설에나 나올 법한 짓들을 흉내 내면서 극도로 경계심
을 늦추지 않았으며 나에게 부탁하는 일들이란 정말이지 어이가 없
을 정도로 하찮았습니다만, 그래도 그들은 엄청 위험한 일인 양 어깨
에 잔뜩 힘을 주고 있었습니다) 어쨌든 정확히 수행했습니다. 그

때 나는 솔직히, 당원이 되고 체포당해 설령 종신형을 받아 형무소에 들어가더라도 상관이 없었습니다. 세상 사람들이 영위하는 '실생활'이라는 것을 두려워하며 밤마다 불면의 지옥에서 신음하기보다는 오히려 감옥이 편할지도 모른다고 생각했기 때문입니다.

사쿠라기초 별장에서 아버지는 손님이니 외출이니 해서 함께 살고 있어도 사흘이고 나흘이고 얼굴을 마주친 적이 없을 정도였습니다. 하지만 그래도 어쩐지 아버지가 거북스럽고 두려운 탓에 이 집을 나가 어디 하숙이라도 할까 생각했지만 차마 말을 못 꺼내고 있던 찰나, 아버지가 그 집을 팔 생각을 하고 있다고 별장지기 할아버지에게 들었습니다.

아버지의 의원 임기도 슬슬 만기에 가까워지고, 여러 가지 사정이 있었던 게 틀림없겠지만 이제 더 이상 선거에 나갈 의지도 없는 것 같고 또 퇴임 후에 살 은거처를 고향에 한 채 마련한 모양으로 도쿄에 어떤 미련도 없어 보였습니다. 그런데 겨우 고등학교 학생에 불과한 나를 위해서 저택과 하인을 두는 것이 낭비라고 생각했는지(아버지의 마음 또한 세상 사람들의 마음처럼 나는 잘 알 수 없었습니다) 어쨌든 그 집은 얼마 안 가 딴 사람 손에 넘어가고, 나는 혼고 모리카와초의 '선유관'이라는 이름을 가진 낡은 하숙집의 어두컴컴한 방으로 이사해 곧바로 돈에 쪼들리게 되었습니다.

그때까지 아버지로부터 다달이 정해진 액수를 용돈으로 받아 며칠 만에 다 써버리곤 했지만, 그래도 담배, 술, 치즈, 과일 등이 언제나 집에 있었고 책이나 문구, 그 외 의복 등 모든 것을 언제든지 근처 가게에서 소위 '외상'으로 구할 수 있었습니다. 호리키에게 메밀국수나 튀김덮밥을 사줘도 아버지의 단골 가게여서 그냥 나와도 아무 상관이 없었습니다.

그런데 갑자기 하숙이라는 혼자만의 생활을 하며 뭐든지 다달이 보내오는 송금으로만 해결해야 하는 상황에 놓이게 되자 나는 어찌 할 바를 몰랐습니다. 받은 돈은 물론 이삼일 만에 없어졌습니다. 겁이 덜컥 나고 불안해 미칠 지경이 된 나는 아버지와 형, 누나한테 교대로 돈을 부탁하는 전보와 사정을 호소하는 편지를 연달아 보내는 한편(그 편지에서 호소하고 있는 사정은 전부 광대 짓의 허구였습니다. 사람에게 뭔가 부탁을 할 때는 우선 웃기는 게 상책이라고 생각했습니다) 호리키가 알려준 전당포에 부지런히 출입하기 시작했지만 그래도 언제나 돈에 쪼들렸습니다.

결국, 나란 인간에게는 아무 연고도 없는 하숙집에서 혼자 '생활'해 나갈 능력이 없었던 것입니다. 나는 하숙방에서 혼자 멍하니 있는 것이 두려웠고 금방이라도 누가 덮칠 것 같은 기분이 들어 거리로 뛰쳐나와 지하운동 뒷바라지를 하든가 호리키와 함께 싸구려 술을 마시든가 하면서 돌아다녔습니다. 학교 공부와 그림 공부도 거의 내팽개치고, 고등학교에 입학하고 2년째 되던 해 11월에 나보다 두 살 많은 유부녀와 정사情死 사건을 일으킴으로써 내 생활은 갑자기 변했습니다.

학교는 늘 결석에다 학과 공부도 전혀 하지 않았는데 묘하게 시험 답안을 작성하는 데 요령이 있었는지, 어쨌든 그때까지는 고향의 가족들을 속여 올 수 있었습니다. 하지만 출석 일수의 부족 등으로 학교에서 은밀히 고향의 아버지에게 연락을 한 듯, 아버지를 대신해 큰형이 딱딱한 어투의 긴 편지를 나에게 보내왔습니다. 그러나 무엇보다도 내가 직접적으로 느낀 고통은, 돈이 부족하다는 것과 지하운동이 더 이상은 놀이 삼아 할 수 있는 정도를 넘어서 격해지고 바빠졌다는 것이었습니다. 중앙 지구였는지 다른 무슨 지구였는지, 어쨌든 나는 혼고, 고이시카와, 시타야, 간다 근처의 모든 학교가 모인 마르크스 학생 행동대에서 대장이 되어 있었습니다. 무장봉기라는 말을 듣고 작은 나이프를 사서(지금 생각해 보면 그것은 연필을 깎는 데도 별 도움이 안 될 작은 나이프였습니다) 그것을 레인코트 주머니에 넣고 여기저기 돌아다니며 소위 말하는 '연락'을 취했습니다. 술을 마시고 푹 자고 싶었지만 돈이 없었습니다. 게다가 P(당을 이런 은어로 불렀습니다만 내 기억이 틀릴지도 모릅니다)에서는 숨 쉴 틈도 없이 계속해서 임무가 내려왔습니다. 나의 병약한 몸으로는 도저히 견딜 수 없을 정도였습니다. 원래 비합법에 대한 흥미 때문에 그 그룹의 뒷바라지를 해왔던 것인데, 이렇게 무척이나 바빠지자 나는 마음속으로 P의 사람들에게 '그건 번지수가 다르잖아, 당신들 직계에게 시키라고.' 하는 지긋지긋한 감정이 생겨 도망치고 말았습니다. 도망치고 보니 그다지 유쾌한 기분이 들지 않아 죽을 결심을 했습니다.

그 당시 나에게 특별히 호의를 가지고 있는 여자가 세 명 있었습니다. 한 사람은 내가 하숙하고 있던 선유관의 딸이었습니다. 그 딸은 내가 지하운동 일로 파김치가 되어 돌아와 밥도 안 먹고 누워 있으면, 반드시 편지지와 만년필을 가지고 내 방으로 올라와서는 "죄송해요. 밑은 동생들 때문에 시끄러워 편지도 제대로 적을 수 없어요"라며 뭘 적는지 내 책상에 앉아 한 시간 이상을 끄적였습니다.

나도 모르는 척하며 누워 있으면 될 걸, 자기에게 말을 걸어줬

으면 하는 기색이 그 여자에게 너무 역력하기에 타고난 봉사 정
신을 발휘해 사실은 전혀 입을 열고 싶지 않았지만 파김치가 되
어버린 몸에 기합을 넣고 엎드려 누워 담배를 문 채 이렇게 말
했습니다.

"여자한테서 온 러브레터로 목욕탕 물을 끓여 목욕한 남자가
있대요."

"어머, 미워. 당신이죠?"

"우유를 데워 마신 적은 있죠."

"영광이네요. 많이 마시세요."

이 사람, 빨리 안 가려나? 편지라니. 속이 훤히 보이는데. 사람
얼굴이나 그리고 있을 게 뻔했습니다.

"어디 봐요."

죽어도 보고 싶지 않지만, 그렇게 말하면 "어머, 싫어요. 어머,
싫어요"라며 기뻐하는 그 모습, 너무 가관이라 소름이 끼쳤습니
다. 그래서 나는 일이라도 시키자고 생각했습니다.

"미안하지만, 큰길에 있는 약국에 가서 카르모틴[1]을 사다주지
않겠어? 너무 피곤해서 얼굴이 달아오르고 잠이 안 와. 미안해,
돈은……."

"돈 걱정은 마세요."

기쁜 얼굴로 뛰어나갑니다. 일을 시킨다는 것은 결코 여자를
실망시키는 일이 아니라 오히려 기쁘게 하는 일이라는 걸 나는
이미 잘 알고 있었습니다.

또 한 사람은 여자고등사범학교의 문과생인 '동지'였습니다.

---

1  수면제의 상표명.

이 여자와는 운동 일 때문에 싫어도 매일 얼굴을 마주치지 않을 수 없었습니다. 회의가 끝난 뒤에도 그 여자는 언제까지고 나를 따라 걸으며 무턱대고 물건을 사주는 것이었습니다.

"날 진짜 친누나로 생각해도 돼요."

그 아니꼬운 태도에 몸서리를 치면서도 나는 "저도 그렇게 생각합니다"라고 우수에 찬 미소를 짓고 대답했습니다. 어쨌든 화나게 한다는 것이 두려웠고, 어떻게 해서든 얼버무려야 한다는 생각 때문에 나는 더욱더 그 못생기고 보기 싫은 여자에게 봉사하게 되었습니다. 물건을 사주면(그 물건이라는 게 하나같이 저급한 취미를 보여주는 것들이라 나는 곧바로 닭꼬치 가게 아저씨 같은 사람들에게 줘버렸습니다) 기쁜 얼굴로 농담을 해서 웃겨 주었습니다. 그러던 어느 가을 밤, 도대체 떨어질 생각을 안 하길래 거리 구석진 곳에서 '이러면 돌아가겠지.' 하는 마음으로 키스를 해줬더니, 오히려 미친 듯이 흥분해서는 자동차를 불러 그들이 운동을 위해 비밀리에 빌린 사무실로 데려가 다음 날 아침까지 야단법석을 떤 적도 있었습니다. '참 황당한 누나다'라고 생각하며 나는 마음속으로 쓴웃음을 지었습니다.

하숙집 딸도 그렇고 이 '동지'도 그렇고, 어쨌든 매일 얼굴을 마주쳐야 하는 사람들이기에 전처럼 용케 피할 수도 없어 그만질질 끌게 되었습니다. 불안한 마음에 두 사람의 환심을 사야 했고, 그러다 보니 이미 나 자신은 꼼짝도 못 하는 신세가 되어버렸습니다.

그즈음 나는 긴자의 어떤 큰 카페의 여급에게 생각지도 못한 은혜를 입게 되었습니다. 단 한 번 만났을 뿐인데 그런 은혜를 입은 게 잊히지 않아 역시 꼼짝할 수 없을 정도로 큰 근심과 두려움을 느꼈습니다. 그 무렵에는 나도 굳이 호리키의 안내가 없어도 혼자 전차를 타고, 가부키 극장에 가고, 기모노를 입고 카페에 드나들 만큼 뻔뻔함을 지닌 사람으로 가장할 수 있었습니다. 마음속으로는 여전히 인간들의 자신감 넘치는 모습과 폭력을 의아해하고 두려워하며 또 번뇌했지만, 겉으로는 조금씩 타인과 얼굴을 마주보고, 아니, 그건 아니고, 나는 역시 패배자인 광대의 괴로운 미소를 띠지 않고는 인사조차 할 수 없는 성격입니다. 그렇지만 무아지경인 상태로 어쨌든 인사할 수 있을 정도의 '수완'을, 지하운동으로 뛰어다닌 덕택인지 아니면 여자 때문인지, 그것도 아니면 술 때문인지 하여간 주로 금전의 부족 덕택으로 가지게 되었습니다. 어디를 가도 두려웠지만, 오히려 큰 카페에서 수많은 취객과 여급, 웨이터에 둘러싸여 있으면 끊임없이 쫓기고 있는 듯한 강박에서 벗어날 수 있지 않을까 싶어 달랑 10엔을 가지고 긴자의 그 큰 카페에 혼자 들어가 미소를 지으며 앞 의자에 앉으려던 여급에게 이렇게 말했습니다.

"10엔밖에 없으니까, 알아서 해줘요."

"걱정할 필요 없어요."

왠지 간사이 지방의 사투리가 느껴지는 말씨였습니다. 그리고 이 한마디가 묘하게도 불안에 떨고 있던 마음을 가라앉혀 주었습니다. 아니, 돈 걱정이 사라져서 그런 것이 아닙니다. 그 사람이 옆에 있다는 것 자체에 대해 걱정하지 않아도 될 것 같았기 때문입니다.

나는 술을 마셨습니다. 그 사람에 대해 안심해서인지 광대 짓을 할 생각도 들지 않았고 오히려 나의 천성인 적은 말수와 음산한 면모를 숨기지 않고 보여주면서 아무 말 없이 술을 마셨습니다.

"이런 거 좋아하세요?"

여자는 여러 요리를 내 앞에 가져다 놓았습니다. 나는 머리를 흔들었습니다.

"술만 마셔요? 나도 마셔야지."

추운 가을밤이었습니다. 나는 쓰네코(라는 이름을 기억합니다만 기억이 희미해져 확실하지는 않습니다. 나란 인간은 정사를 함께한 상대의 이름까지 잊어버립니다)가 알려준 대로 긴자 뒷거리의 어느 포장마차 초밥집에서 맛이라고는 조금도 없는 초밥을 먹으며 그 여자를 기다렸습니다. (그 여자의 이름은 잊어버렸어도 그때의 초밥이 맛없었다는 사실만큼은 어찌된 영문인지 생생히 기억에 남아 있습니다. 그리고 구렁이 얼굴을 닮은 대머리 주인이 고개를 좌우로 흔들며 자기가 마치 명인이라도 되는 양 초밥을 만들던 모습도 눈앞에서 보듯 생생하게 기억나고, 나중에 전차에서든 어디에서든 '낯익은 얼굴이네'라는 생각이 들면 이내 '아, 그때 초밥집 주인하고 닮았구나.' 하고 쓴웃음을 지은 적도 몇 번 있습니다. 그 여자의 이름과 얼굴 윤곽조차도 기억에서 멀어진 지금, 초밥집 아저씨 얼굴만은 그림으로 그릴 수 있을 정도로 정확하게 기억하고 있다니, 그때 초밥이 얼마나 맛없었는지, 또 얼마나 나에게 추위와 고통을 주었는지를 말해주는 것 같습니다. 원래 나는 맛있다는 초밥집에 따라가서 먹어 봐도 맛있다고 느낀 적이 한 번도 없습니다. 대체로 너무 큽니다. '엄지손가락만 한 크기로 만들 수 없을까?' 하고 항상 생각했습니다.)

혼조에 있는 목공소 2층이 그녀의 집이었습니다. 나는 그 2층에서 평소 나의 음울한 마음을 조금도 숨기지 않고 극심한 치통에 시달리는 사람처럼 한 손으로 턱을 괴고 차를 마셨습니다. 그런데 그러한 모습이 오히려 그 여자 마음에 들었던 모양입니다. 그 여자도 몸 주위에 찬바람이 불고, 낙엽이 휘날리는 듯하고, 완전히 고립되어 있는 분위기를 풍기고 있었습니다. 같이 쉬면서 그 여자가 나보다 두 살 연상이고 고향은 히로시마라는 사실을 알게 되었습니다. 그 여자가 말했습니다. "남편이 있어요. 히로시마에서 이발소를 했어요. 작년 봄에 같이 도쿄로 도망쳐 왔는데 남편은 도쿄에서 변변한 직업을 못 구하던 차에 사기죄로 형무소에 들어갔어요. 나는 매일 이것저것 영치하러 형무소에 갔었는데 내일부턴 그만둘 거예요." 나는 어찌 된 일인지 여자의 신세 한탄에는 조금도 흥미를 느끼지 못하는 체질로, 그 여자들의 말솜씨가 안 좋은 탓인지, 그러니까 이야기의 중심을 어디에 둬야 하는지 잘 모르는 탓인지, 하여간 나에게는 항상 마이동풍이었습니다.

쓸쓸하다.

여자들의 신세 한탄 천 마디보다 이 한마디의 속삭임에 훨씬 깊이 공감할 수 있을 것 같은데, 이 세상 어떤 여자에게서도 결국 한 번도 이 말을 들어본 적 없다는 사실이 기묘하고 불가사의합니다. 하지만 그 여자는 '쓸쓸하다'라고 말은 하지 않았지만 말 없이도 몸 외부에서 한 폭짜리 엄청난 쓸쓸함이 기류처럼 흐르는 터라, 그 여자에게 다가가면 나도 그 기류에 휩싸여 내가 지니고 있는 다소 모진 음울함의 기류가 적당히 녹아들어 '물속 바위에 떨어진 낙엽'처럼 공포나 불안으로부터 벗어날 수 있었습니다.

백치 같은 매춘부들의 품속에서 안심하고 푹 잘 수 있었던 느낌과는 완전히 달랐고(그 매춘부들은 무엇보다 밝았습니다), 나는 그 범죄자의 아내와 하룻밤을 지낼 때 행복하고(이런 엄청난 말을 아무런 주저 없이 긍정적으로 사용하는 일은 나의 수기를 통틀어 다시없을 겁니다) 해방된 기분이었습니다.

하지만 단 하룻밤이었습니다. 아침에 눈을 뜨고 벌떡 일어난 나는 원래의 경박한 광대로 돌아와 있었습니다. 겁쟁이는 행복조차도 두려운 법입니다. 솜방망이에 맞아도 상처를 입는 법입니다. 행복에 상처를 입는 일도 있는 법입니다. 상처받기 전에 이대로 재빨리 헤어져야 한다는 생각에 나는 서둘러 예의 그 광대 짓의 연막을 피우는 것이었습니다.

"돈 떨어지면 인연도 끝이란 말 있잖아. 거꾸로 해석해야 해. 돈이 떨어지면 여자에게 차인다는 의미가 아냐. 남자가 돈이 떨어지면 스스로 의기소침해져서 웃는 소리에도 힘이 빠지고, 또 묘하게 성격도 비뚤어져서는 결국 자포자기 상태로 남자가 여자를 차고 만다, 절반은 광란 상태로 차고 차고 또 찬다는 의미인 거야. 사전에 의하면 그래. 불쌍하게도 나 역시 그 기분을 잘 알지."

아마 이런 식의 바보 같은 말을 해서 쓰네코를 웃겼던 것 같습니다. '오래 머무는 것은 근심이나 만들 뿐이지.' 하고 생각하고 나는 세수도 안 한 채 재빨리 나왔습니다만, 그때 내가 말한 '돈 떨어지면 인연도 끝'이라는 말도 안 되는 얘기가 나중에 의외의 결과를 가져왔습니다.

그러고는 한 달 동안 나는 그날 밤의 은인과 만나지 않았습니다. 헤어지고 날이 지남에 따라 기쁨의 기억은 엷어지고, 우연한 은혜를 입은 일이 오히려 두려워지고 스스로 엄청난 속박감을 느끼게 되어, 그날 그 카페의 비용을 전부 쓰네코에게 부담 지운 일까지 차츰 마음에 걸렸습니다. 쓰네코 역시 하숙집 딸이나 그 여자고등사범학교 누나처럼 나를 협박하는 여자로 느껴진 탓에 멀리 떨어져 있어도 끊임없이 그녀가 두려웠고, 게다가 나는 밤을 함께 보낸 여자와 다시 얼굴을 마주하면 갑자기 화가 폭발할 것만 같아 이를 견딜 수 없어 재회를 주저했으므로 긴자를 더욱더 멀리했습니다. 그렇다고 해서 이렇게 주저하는 성격이 결코 나 자신의 교활함 때문은 아니었습니다. 같이 밤을 보내놓고 일어난 다음 날 아침을 어젯밤 있었던 일과 티끌만큼도 연결 짓지 않고 완전히 망각한 것마냥 깨끗이 두 세계를 절단시키고 잘 살아가는 여자라는 생물을 내가 아직 제대로 파악하지 못했기 때문입니다.

11월 말, 나는 호리키와 간다의 한 포장마차에서 싸구려 술을 마셨는데, 이 악우惡友는 포장마차를 나와서도 계속 어디서 한잔을 더 하자고 떠들어댔습니다. 더 이상 가진 돈이 없는데도 계속 마시자, 마시자 하며 끈질기게 졸랐습니다. 그때 나는 취해서 대담해진 탓도 있었습니다만 이렇게 말했습니다.

"좋아, 그렇다면 꿈의 세계로 데려가 주지. 놀라지 마. 주지육림이라는……."

"카페야?"

"그래."

"가자!"

그렇게 되어 우리 둘은 시영전차를 탔고, 들뜬 호리키는 말했습니다.

"나는 오늘은 정말이지 여자에 굶주려 있어. 여급에게 키스해도 괜찮지?"

나는 호리키가 그런 추태를 부리는 것을 별로 달갑게 여기지 않았습니다. 호리키도 그런 사실을 잘 알고 있었으므로, 나에게 이렇게 다짐을 받는 것이었습니다.

"알겠어? 키스한다고. 내 옆에 앉은 여급에게 꼭 키스할 테니까. 알았어?"

"맘대로 해."

"고마워! 나는 여자에 굶주려 있단 말이야."

긴자 4가에서 내려 쓰네코만 믿고 주지육림의 대형 카페에 거의 무일푼으로 들어가 빈자리에 호리키와 마주 앉자마자 쓰네코와 또 한 명의 여급이 달려왔습니다. 또 한 명의 여급이 내 옆에, 그리고 쓰네코가 호리키 옆에 털썩 앉아버려서 나는 깜짝 놀랐습니다. '쓰네코는 이제 키스를 당할 것이다.'

아깝다고 생각한 건 아니었습니다. 나에겐 원래 소유욕이 거의 없었고, 때로는 조금 아깝다는 생각이 들어도 그 소유권을 감히 주장하며 남과 다툴 정도의 기력이 없었습니다. 나중에 나의 내연의 처가 강간당하는 것을 묵묵히 지켜본 일조차 있었습니다.

될 수 있는 한 나는 인간들의 분쟁에 연루되고 싶지 않았습니다. 그 소용돌이 속에 휘말리는 것이 두려웠습니다. 쓰네코와 나는 하룻밤의 인연이었습니다. 쓰네코는 나의 것이 아니었습니다. '아깝다'라는 분에 넘치는 욕심을 내가 가질 수는 없었습니다. 하지만 나는 깜짝 놀랐습니다.

나의 눈앞에서 호리키의 맹렬한 키스 세례를 받을 쓰네코가 불쌍하게 느껴졌기 때문입니다. '호리키에게 더럽혀진 쓰네코는 나와 헤어질 수밖에 없겠지. 게다가 나에게는 쓰네코를 붙잡을 만한 적극적인 열정도 없어. 아아, 이제 이걸로 끝이야.' 쓰네코의 불행에 한순간 놀랐습니다만, 금방 나는 원래의 나로 돌아와 순순히 포기하고 호리키와 쓰네코의 얼굴을 번갈아 보면서 싱글벙글거렸습니다.

하지만 사태는 실로 예상치도 못한, 더욱더 나쁜 방향으로 흘러가 버렸습니다.

"쳇, 관뒀다!"

호리키가 입을 삐쭉이며 말했습니다.

"아무리 굶주린 나라도 이런 거지 같은 여자하고는……."

그러면서 질렸다는 듯 팔짱을 끼고 쓰네코를 힐끔힐끔 쳐다보면서 쓴웃음을 짓는 것이었습니다.

"술을 줘, 돈은 없어."

나는 작은 소리로 쓰네코에게 말했습니다. 그야말로 취할 정도로 마시고 싶은 심정이었습니다. 소위 말하는 속물의 눈으로 보면, 쓰네코는 취객의 키스 상대도 못 되는 정말 볼품없고 궁상맞은 여자였던 것입니다. 의외로 나는 청천벽력을 들은 기분이었습니다. 나는 지금까지 그래본 적이 없을 정도로 마시고 또 마셔 고주망태가 되었고, 쓰네코의 얼굴을 쳐다보면서 슬픈 웃음을 지었습니다. 정말이지 그렇게 듣고 보니, 쓰네코가 찌들고 궁상맞은 여자일 뿐이라는 생각과 함께 돈도 없는 불쌍한 동지끼리의 친밀감(빈부의 갈등이라는 게 진부한 것 같아도 역시 드라마의 영원한 테마 중 하나라고 지금은 생각하고 있습니다만)이 가슴 저 안에서 치밀어 올라 쓰네코가 사랑스럽게 여겨졌고, 태어나서 이때 처음으로, 미약하기는 하지만 사랑의 느낌이 생긴다는 것을 자각했습니다. 토했습니다. 앞뒤를 분간 못 할 정도로 취했습니다. 술을 마시고 이렇게 정신을 못 차릴 정도로 취한 것도 그때가 처음이었습니다.

눈을 뜨자 머리맡에 쓰네코가 앉아 있었습니다. 혼조 목공소의 2층 방이었습니다.

"돈이 떨어지면 인연도 끝이라고 하길래 농담인 줄 알았더니 진담이었네요? 정말 안 왔잖아요. 까다로운 이별이네요. 내가 벌어 먹여 살려도 안 돼요?"

"안 돼."

그러고는 여자도 누웠고, 새벽녘 여자의 입에서 '죽음'이라는 말이 처음으로 나왔습니다. 그 여자도 생활에 너무 찌들어 있었던 것 같았고, 나도 세상에 대한 공포, 번잡함, 돈, 또 그 운동, 여자, 학업을 생각하니 도저히 더 이상 참고 살아갈 수 없을 것 같아 그 사람의 제안에 선뜻 동의했습니다.

하지만 그때는 아직 "죽자"라는 말이 실감나지 않았고 각오도 되어 있지 않았습니다. 어딘지 모르게 '장난'스러운 느낌이 있었습니다.

그날 오전, 우리는 아사쿠사의 구석구석을 헤매고 돌아다니다가 다방에 들어가 우유를 마셨습니다.

"당신이 내세요."

일어난 다음 품 안에서 지갑을 꺼내 열어보니 동전이 세 개 있었습니다. 수치심보다는 처참한 기분이 들어, 곧 머릿속에 떠오르는 것은 선유관의 내 방이었습니다. 교복과 이불만 남아 있을 뿐 벌써 돈이 될 만한 것은 전당포에 다 들어가 버려 아무것도 없는 그 황량한 방, 그 외에는 내가 지금 입고 있는 옷과 망토뿐.

이것이 나의 현실이다. 더 이상 살아갈 힘이 없다는 것을 확실히 느꼈습니다.

내가 머뭇거리고 있자 여자도 일어나 나의 지갑을 엿보았습니다.

"어머, 겨우 이게 전부?"

그녀는 아무렇지 않게 말했지만, 이 말이 또 한 번 나의 뼛속 깊이 사무치는 것이었습니다. 처음으로 내가 사랑을 느낀 여인의 말이었던 만큼 아팠습니다. 무엇보다도 동전 세 개는 전혀 돈이 아니었습니다. 내가 이때까지 일찍이 경험한 적 없는 기묘한 굴욕이었습니다. 더 이상은 도저히 버틸 수가 없는 굴욕이었습니다. 결국 그 무렵의 나는 아직 부잣집 도련님이라는 자각에서 벗어나지 못하고 있었던 겁니다. 그때 나는 스스로 죽겠다고 **실감하고 결의했습니다.**

그날 밤, 우리는 가마쿠라 바다에 뛰어들었습니다.[1] 여자는 친구에게서 빌려왔다는 오비[2]를 풀어서 접은 뒤 바위 위에 놓고, 나도 망토를 벗어 같은 곳에 두고 함께 뛰어들었습니다.

여자는 죽었습니다. 그리고 나 혼자만 살아남았습니다.

내가 고등학생이고 아버지의 이름도 어느 정도 뉴스 가치가 있었는지 신문에 상당히 큰 기사로 실렸습니다. 나는 그 해변의 인근 병원에 수용되었고 고향에서 친척 한 명이 달려와 여러가지 뒤처리를 해주었습니다. 그리고 고향 아버지를 비롯한 온 집

---

1 다자이 오사무가 가마쿠라 해변에서 다나베 시메코와 자살을 기도한 것은 1930년 11월 28일 한밤중의 일이었다. 11월 30일 『아사히신문』에 '제국대학교 학생과 여급, 정사情死를 기도하다'라는 제목의 기사가 실렸다.

2 기모노 허리띠.

안이 격노하고 있으니 이것으로 생가와는 의절당할지도 모른다는 말만 건네고 돌아갔습니다. 하지만 나는 그런 것보다 죽은 쓰네코가 그리워 훌쩍훌쩍 울고만 있었습니다. 정말로 이때까지 그 누구보다, 그 궁상맞은 쓰네코만을 사랑했기 때문입니다.

하숙집 딸로부터 시가 50수나 적힌 긴 편지가 왔습니다. '살아 돌아와요'라는 이상한 말로 시작되는 시만 50수였습니다. 또 내 병실에 간호사들이 환한 웃음을 짓고 놀러왔고, 그중 내 손을 꼭 잡고 가는 간호사도 있었습니다.

그 병원에서 내 왼쪽 폐에 이상이 있다는 것을 발견했는데, 이것이 내게는 또 좋은 구실이 되었습니다. 얼마 후 나는 자살방조죄라는 죄명으로 병원에서 경찰로 이송되었습니다만 경찰에서 나를 병자 취급하여 특별히 보호실에 수용한 것입니다.

한밤중에 보호실 옆 숙직실에서 당직 근무를 서던 나이 든 순경이 문을 살며시 열고는 "어이." 하고 나에게 말을 걸었습니다.

"춥지? 여기 와서 불 좀 쬐지 그래."

나는 일부러 벌벌 떨며 숙직실에 들어간 다음 의자에 앉아 불을 쬐었습니다.

"역시 죽은 여자가 그립지?"

"예."

될 수 있는 한 기어들어 가는 목소리로 대답했습니다.

"그래! 그게 역시 인정이란 거야."

그는 점차 거만한 태도를 보이기 시작했습니다.

"처음 여자와 관계를 맺은 게 어디야?"

그는 마치 재판관처럼 뻐기듯이 물었습니다. 그는 나를 어린애 취급하고는 기나긴 가을 밤의 심심풀이로, 흡사 자신이 취조

주임이라도 되는 양 나에게서 외설스러운 진술을 끌어낼 심산인 듯했습니다. 그것을 재빨리 간파한 나는 웃음이 터져나오는 것을 참느라고 고생했습니다. 순경의 그런 '비공식적인 심문'에는 일체 대답하지 않아도 상관없다는 것을 나도 알고 있었습니다. 그러나 긴 가을밤의 흥을 더하기 위해, 나는 어디까지나 절묘하게 이 순경이야말로 취조 주임이고 형벌의 경중을 결정하는 것도 이 순경의 결정에 달렸음을 굳게 믿고 있다는 태도로 그의 음탕한 호기심을 만족시킬 정도의 적당한 '진술'을 했습니다.

"음, 그래. 대충은 알겠다. 뭐든 정직하게 대답하면 우리도 어느 정도 참작을 하지."

"정말 고맙습니다. 잘 부탁드립니다."

거의 입신의 경지에 이른 연기였습니다. 나를 위해서는 그 무엇 하나 득이 되지 않는 열연이었습니다.

날이 새고 나는 서장에게 불려 갔습니다. 이번에는 정식 취조였습니다.

문이 열리고 서장실에 들어서는 순간 그가 말했습니다.

"호오, 멋진 사내군. 보아하니 자네가 나쁜 게 아냐. 이런 멋진 아들을 낳은 자네 어머니가 나쁜 거지."

얼굴색이 조금 검고 대학 출신 냄새가 풍기는, 아직 젊은 서장이었습니다. 갑자기 그런 말을 듣자 나는 얼굴에 큰 흉터라도 있는 불구자가 된 듯 비참한 기분이 들었습니다.

이 유도나 검도 선수 같은 서장의 취조는 실로 시원스러워서 어젯밤 노순경의 비밀스럽고 집요하고도 음탕한 '취조'와는 하늘과 땅만큼 달랐습니다. 심문이 끝나고 서장은 검사국에 보낼 서류를 훑어보면서, "몸을 소중히 다뤄야지. 혈담이 나온다며!"

라고 말했습니다.

그날 아침, 이상하게 기침이 나오길래 그럴 때마다 손수건으로 입을 가리고 있었는데 그 손수건에 빨간 피가 묻어 있었던 것입니다. 하지만 그건 목에서 나온 피가 아니고 어젯밤 귀밑에 생긴 종기를 건드리다가 나온 피였습니다. 나는 문득 그 사실을 일부러 밝힐 필요는 없다는 생각이 들어 그만 눈을 내리깔고 "예"라고 얌전히 대답했습니다.

서장은 서류를 다 적고 말했습니다.

"기소를 하느냐 마느냐는 검사님이 정할 일이지만, 자네의 신원 인수인에게 전화나 전보로 오늘 요코하마 검사국에 와달라고 부탁하는 것이 좋을 것 같군. 누구 없어? 자네 보호자나 보증인을 서줄 사람이."

아버지의 도쿄 별장에 들락거렸던 서화 골동품상 시부타가 생각났습니다. 그는 우리 고향 사람이었는데, 아버지의 수족처럼 일하던 뚱뚱하고 키 작은 마흔 살의 그 독신 남자가 나의 학교 보증인이었습니다. 그 남자의 얼굴, 특히 눈매가 넙치와 닮아서 아버지는 항상 그 남자를 '넙치'라고 불렀고 나도 덩달아 그렇게 불렀습니다.

나는 경찰서의 전화부를 빌려 넙치의 전화번호를 찾아냈습니다. 그에게 전화를 걸어 요코하마 검사국에 와달라고 부탁을 하니, 넙치는 마치 딴사람처럼 거만한 말투였습니다만 어쨌든 와준다고 했습니다.

"어이, 그 전화기 바로 소독하는 게 좋을 거야. 혈담을 뱉고 있었다니까!"

내가 보호실로 내려가자 순경들에게 이렇게 말하는 서장의 큰 목소리가 나한테까지 들렸습니다.

그날 오후 내 몸은 가는 포승줄에 묶였습니다. 물론 망토로 가리는 걸 허락해 주었습니다만, 그 포승줄 끝을 젊은 순경에게 잡힌 채 우리는 전차를 타고 요코하마로 향했습니다.

그렇지만 나는 조금도 불안하지 않았을 뿐만 아니라 그 경찰서의 보호실도 노순경도 그리웠습니다. 아아, 나는 왜 이런 것일까요? 죄인으로 묶이자 오히려 마음이 놓이고 차분해지니, 그때의 기억을 지금 적으면서도 정말 느긋하고 포근한 기분이 드는 것입니다.

하지만 그 시절의 그리운 추억 속에 단 한 가지, 식은땀이 세 말이나 흘렀던 평생 잊어버릴 수 없는 참담한 실패가 있었습니다. 나는 검사국의 어두컴컴한 어떤 방에서 검사에게 간단한 취조를 받았습니다. 검사는 마흔 살 전후의 조용하고(만약 내가 미남이라고 해도 그건 말하자면 음흉한 미모에 지나지 않았겠습니다만, 그 검사의 얼굴은 '올바른 미모'라고 말하고 싶을 만큼 총명하고 정숙한 분위기를 자아냈습니다) 대범한 인품 같았으므로 나도 전혀 경계하지 않고 멍하니 진술했습니다만, 갑자기 기침이 나오는 바람에 품에서 손수건을 꺼냈다가 문득 거기 묻은 피를 보고 이 기침도 뭔가 도움이 될지도 모른다는 비열한 생각에 켁켁 하고 두 번 더 거짓 기침을 과장되게 뱉고는 손수건으로 입을 덮은 채 검사의 얼굴을 쳐다보았습니다. 그 순간 검사가 말했습니다.

"진짜야?"

조용한 미소였습니다. 식은땀이 세 말은 흘렸습니다. 아니, 지금 생각해도 쥐구멍이라도 있으면 들어가고 싶은 심정입니다.

중학교 시절 그 바보 다케이치에게 "일부러 그런 거지?"라는 말을 듣고 지옥으로 떨어지는 기분을 느꼈던 그때보다 더 심하다고 해도 과언이 아니었습니다. 그때과 이때, 이 두 사건이 나의 생애에 있어 대실패한 연기입니다. 검사의 그 조용한 경멸에 찬 한마디보다, 오히려 십 년의 형을 언도받는 것이 훨씬 나았을 것이라고 때때로 생각할 정도입니다.

나는 기소유예 처분을 받았습니다. 그런데도 전혀 기쁘지 않았고, 비참한 기분으로 검사국의 대기실 의자에 앉아 신원 인수인인 넙치를 기다리고 있었습니다.

등 뒤의 높은 창문으로 석양이 깔린 하늘이 보이고, 기러기가 여자 여女 자를 그리고 날아가고 있었습니다.

# 세 번째 수기

## 1

다케이치의 예언 중 하나는 맞고 하나는 틀렸습니다. 여자들이 내게 반할 것이라는 명예롭지 못한 예언은 맞았습니다만, 틀림없이 훌륭한 화가가 될 거라는 축복의 예언은 틀렸습니다.

나는 겨우 조잡한 잡지의 솜씨 없는 무명 만화가가 되었을 뿐입니다.

가마쿠라 사건 때문에 고등학교에서 쫓겨난 나는 넙치네 집 2층의 한 평 반 남짓한 작은 방에서 숙식하게 되었고, 고향에서는 다달이 불과 얼마 안 되는 돈이, 그것도 나한테 직접 오는 게 아니라 넙치 앞으로 나 몰래 오는 모양이었습니다만(게다가 그것도 고향의 형들이 아버지 몰래 보내오는 듯했습니다) 그것을 제외하면 고향과의 인연은 완전히 끊겨버렸습니다. 넙치는 언제나 불쾌한 표정으로 내가 애교 섞인 웃음을 지어도 웃지를 않았고, 인간이 이렇게도 간단하게, 그야말로 손바닥 뒤집듯 변할 수 있을까 싶을 정도로 비열하게, 아니, 오히려 우스꽝스러울 정도로 완전히 변해서는 "나가면 안 됩니다. 어쨌든 나가지 마세요"라는 말만 되풀이하는 것이었습니다. 넙치는 내가 자살할 우려가 있다고 생각하는 듯, 즉 여자 뒤를 따라 또 바다에 몸을 던지지나 않을까 하고 생각하는 듯 나의 외출을 엄격히 금지하고 있었습니다. 하지만 술도 못 마시고, 담배도 못 피우고, 오로지 아침부터 밤까지 2층의 한 평 반 남짓한 방 코타츠에 들어가 철 지난 잡지나 읽으며 거의 금치산자와 같은 생활을 하고 있는 나에게는 자살할 기력조차 없었습니다.

넙치네 집은 오쿠보의 의학전문학교 바로 옆에 있었는데, '서화 골동상 청룡원'이라는 그럴싸한 간판을 걸고 있었지만 한 가게를 둘로 나눠 쓰느라 가게 크기가 좁았을뿐더러 내부에는 뽀얀 먼지가 가득한 데다 어설픈 잡동사니만 잔뜩 진열해 놓고 있었습니다(넙치는 사실 그 잡동사니를 가지고 장사를 하는 게 아니라, 이쪽의 소위 높으신 분의 비장품을 저쪽의 높으신 분에게 넘겨주고 돈을 버는 깃 같았습니다). 가게에 앉아 있는 일은 거의 없었고 아침부터 언짢은 표정을 지으며 총총걸음으로 나갔습니다. 가게는 열일고여덟 살 정도 된 점원이 맡아보았는데, 이놈이 또 나의 감시자 역할을 하는 셈이라 틈만 나면 동네 꼬마들하고 캐치볼을 하는 주제에 2층에 있는 식객인 나를 마치 바보나 미치광이 정도로 여기는지 설교 비슷한 것까지 했습니다. 남과 언쟁을 못 하는 체질인 나는 피곤한 듯한, 아니면 감격한 듯한 표정으로 그 말을 들었습니다. 이 어린 놈은 시부타의 숨겨진 자식이었는데, 어떤 복잡한 사정이 있는지 남에게 자식이라는 말을 하지 못했습니다. 시부타가 이후로 쭉 독신인 것도 아마 그런 사정과 관련이 있는 것 같습니다. 이전에 집안식구들로부터 그런 얘기를 지나가는 말로 들었던 것 같습니다만 나는 다른 사람의 신상에 대해서는 조금도 흥미를 가지지 못하는 성격이므로 자세한 얘기는 모릅니다. 그런데 그놈의 눈매에도 묘하게 생선 눈을 연상시키는 구석이 있었으므로, 혹시 정말로 넙치의 숨겨진 자식인가……. 정말 그렇다면 둘은 정말로 슬픈 부자父子였습니다. 두 사람은 밤늦게 2층의 나 몰래 소바 같은 것을 배달시켜 말없이 먹곤 했습니다.

넙치네 집에서 식사는 항상 그 점원 녀석이 만들었는데, 2층에 있는 불청객의 식사만큼은 따로 차려서 하루 세끼 2층으로 가져다주었습니다. 넙치와 점원 녀석은 계단 아래 있는 습기 찬 작은 방에서 때그락때그락 그릇 부딪치는 소리를 내며 게눈 감추듯 밥을 먹어치웠습니다.

3월 말의 어느 저녁, 넙치는 무슨 큰돈을 벌었는지 아니면 어떤 계략이라도 있었는지(그 두 가지 추측이 맞다손 치더라도 아마 나로서는 도저히 추측도 할 수 없는 다른 몇 가지의 원인도 있었을 것입니다) 웬일로 나를 밑으로 불러, 술병이 놓인 식탁에 넙치가 아닌 참치 회를 차려놓고는 상을 차린 장본인이 그 맛에 감탄하면서 멍하게 있는 나에게 술을 권하는 것이었습니다.

"대체, 앞으로 어떻게 하실 생각입니까?"

나는 그 질문에는 대답도 하지 않고 식탁 위에 놓인 접시에서 다진 정어리를 집어 그 은빛 눈알을 쳐다보고 있자니 취기가 어느 정도 올랐습니다. 그러자 맘껏 놀러 다니던 그 시절이 그리워졌고, 호리키조차도 그리워졌습니다. 너무나도 '자유'가 그리워 그만 눈물이 핑 돌았습니다.

이 집에 온 뒤로는 광대 짓을 해봐야 보람도 없고 오직 넙치와 점원 녀석의 멸시 속에서 지내야만 했는데, 넙치도 나와 속내를 터놓고 얘기하기를 꺼리는 눈치라 나 역시 넙치를 붙잡고 뭐든 호소라도 해볼 엄두를 못 내고 거의 얼빠진 식객이 되어야 했던 것입니다.

"기소유예라는 것이 전과 몇 범이라든가 하는 것은 아닌 모양입니다. 그러니까 당신이 마음먹기에 따라 갱생도 가능하다는 겁니다. 당신이 만약 마음을 바꾸고 진심으로 나와 의논하기를 바란다면 나도 어떻게든 생각해 보겠습니다."

하지만 넙치의 말투에는, 아니, 세상 모든 사람들의 말투에는 이처럼 혼란하고 어딘지 몽롱하고 도망갈 태세를 갖춘 듯한 미묘한 복잡함이 있어서, 그 대부분이 아무런 도움도 되지 않을 것 같은 엄중한 경계와 헤아릴 수 없을 만큼 수많은 성가신 흥정에 나는 언제나 당혹하고, 어떻게 되든 좋다는 기분이 들어 광대 짓으로 속이거나 아니면 무언의 긍정을 내보이게 되는, 말하자면 패배자의 태도를 취하게 되는 것이었습니다.

이때도 넙치가 나에게 다음과 같이 간단히 말했더라면 그걸로 만사 해결되었으리란 것을 나는 몇 년이 지나서야 알게 되었지만, 넙치의 불필요한 조심성, 아니, 세상 사람들의 불가사의한 허영과 체면 차리기에 이루 말할 수 없는 암울한 느낌이 들었습니다.

그러니까, 넙치가 그때 이렇게 말했더라면 모든 게 잘 풀렸을 것입니다.

"공립이든 사립이든 어쨌든 4월부터 학교에 들어가세요. 생활비는 학교에 들어가기만 하면 고향에서 충분하게 보내오기로 되어 있습니다."

훨씬 뒤에 알게 되었지만 사실은 그랬던 것입니다. 그랬다면 나도 그 말에 따랐을 것입니다. 그런데 넙치가 괜히 도가 넘치게 에둘러 말했기 때문에 이상하게 일이 꼬여 내가 살아갈 방향도 달라져 버린 것입니다.

"나와 진지하게 의논하실 의향이 없다면 할 수 없습니다만."

"무슨 의논이요?"

나는 정말로 감을 잡을 수 없었습니다.

"그건 당신 마음에 달렸죠."

"예를 들면?"

"'예를 들면'이라니? 당신의 장래잖아요."

"일을 하는 편이 좋을까요?"

"아니, 당신 마음은 대체 어떤데요?"

"글쎄, 학교에 들어가라고 해도······."

"물론 돈이 들겠죠. 하지만 문제는 돈이 아닙니다. 당신의 생각이지요."

돈은 고향에서 보내주기로 했다고 왜 그 한마디를 해주지 않았을까요? 그 한마디로 내 생각도 정해졌을 텐데 말입니다. 나에게는 모든 것이 오리무중이었습니다.

"뭔가 장래 희망이란 게 있습니까? 정말이지, 한 사람을 보살피는 일이 얼마나 힘든지 알고는 있습니까?"

"죄송합니다."

"정말 걱정입니다. 나도 일단 당신을 떠맡은 이상 당신이 딴생각을 품지 않길 바라고 있어요. 훌륭하게 갱생의 길을 걷겠다는 각오를 보여줬으면 합니다. 이를테면 당신의 장래에 대한 계획, 그것에 대해 진지하게 의논하자고 한다면 나도 응할 생각입니다. 그래봤자 어차피 이런 가난한 넙치의 도움일 뿐이니 이전처럼 풍족한 생활을 바란다면 그건 번지수가 틀렸지요. 하지만 마음을 잡고 장래에 대한 계획을 분명히 세워 의논을 하자고 한다면, 미약하나마 당신의 갱생을 위해서 도움을 줄 생각마저 하고 있습니다. 아시겠습니까? 나의 마음을. 대체 앞으로 어쩔 생각입니까?"

"여기 2층에 있을 수 없다면, 일을 해서……."

"진심으로 그런 말을 하는 겁니까? 요즘 같은 세상에 설령 제국대학교를 나와도……."

"아뇨, 샐러리맨이 되려는 건 아닙니다."

"그럼 뭡니까?"

"화가가 될 겁니다."

큰맘 먹고 말했습니다.

"헤에?"

나는 그때 턱을 당기고 웃던 넙치의 얼굴, 너무나도 교활한 그 웃음을 잊을 수가 없습니다. 경멸의 그림자와 닮고도 먼, 세상을 바다에 비유한다면 그 바다의 심연에 그런 기묘한 그림자가 흐늘거리고 있을 것 같은, 뭔가 어른들 생활의 밑바닥을 힐끔 엿보는 것 같은 그런 웃음이었습니다.

"그런 생각이라면 얘기가 안 됩니다. 조금도 건실하지가 못해요. 오늘 하룻밤 진지하게 생각해 보세요"라고 말하기에 나는 쫓기듯이 2층으로 올라갔습니다. 누워서 생각을 해봤지만 별달리 뾰족한 수가 떠오르지 않았습니다. 그래서 할 수 없이 새벽녘 넙치네 집에서 도망을 쳤습니다.

'저녁에 틀림없이 돌아오겠습니다. 왼쪽에 적은 친구 집에 장래의 계획을 의논하러 가니까 걱정하지 마세요. 진실된 마음을 담아.'

편지지에 이렇게 연필로 크게 쓰고 호리키 마사오의 아사쿠사 주소와 성명을 적어두고는 몰래 넙치의 집을 나왔습니다.

넙치에게 설교를 들은 것이 분해서 도망친 것은 아니었습니다. 넙치의 말마따나 나는 마음이 건실하지 못한 남자인 데다 장래 계획에 대해서도 전혀 갈피를 잡을 수 없었고, 게다가 더 이상 넙치네 집에 폐를 끼치는 것은 넙치에게도 미안한 일이고, 그러는 동안 만에 하나라도 나에게 분발하려는 생각이 들어 의지를 굳힌다고 해도 그 갱생 자금을 저 가난한 넙치에게 다달이 원조받아야 한다고 생각하자 마음이 너무나도 괴로워 견딜 수 없었던 것입니다.

하지만 나는 소위 말하는 '장래의 계획'을 호리키 따위와 진심으로 의논해 보려고 넙치네 집을 나간 것은 아니었습니다. 불과 얼마 되지 않는 시간이라도 조금은 넙치를 안심시키고 싶어서 (그사이 내가 조금이라도 더 멀리 도망치기 위해 탐정소설식 책략으로 그런 편지를 적었다기보다는, 아니, 그런 생각도 조금은 있긴 했습니다만, 그보다는 역시 갑자기 넙치에게 충격을 주어 그를 혼란에 빠지게 하는 게 두려웠기 때문이라고 하는 편이 조금 더 정확할지도 모르겠습니다. 어차피 밝혀질 게 뻔한데 사실대로 적는 것이 두려웠고, 반드시 뭔가 장식을 다는 것이 나의 서글픈 성격 중 하나인데, 그것은 세상 사람들이 '거짓말쟁이'라고 부르며 멸시하는 성격과 비슷하지만 나는 나에게 유리하게끔 그 장식을 단 적은 한 번도 없었습니다. 단지 분위기가 갑자기 변하는 게 숨 막힐 듯 두려워서, 나중에 나한테 불이익이 되리라는 것을 알면서도 예의 나의 '필사의 봉사', 그것이 설령 비뚤어지고 미약하고 바보스러운 것일지라도 그 봉사의 마음에서 그만 한 마디 장식을 더해버리는 경우가 많았던 것 같습니다. 하지만 이 습성 역시 세상의 소위 '정직한 사람들'에게 이용당하고 말았습니다), 그때 문득 생각나는 대로 호리키의 주소와 성명을 편지지 한쪽 편에 적었을 뿐입니다.

나는 넙치네 집을 나와 신주쿠까지 걸어가 품속에 숨겨 갔던 책을 팔았지만, 더 이상 어찌해야 할지 갈피를 잡을 수 없었습니다. 나는 다른 모든 이에게 곱살스러웠지만 '우정'이라는 것을 실감한 적은 한 번도 없었습니다. 호리키 같은 술 친구는 예외였지만 모든 종류의 교제는 나에게 고통을 줄 뿐으로, 그 고통에서 벗어나고자 열심히 광대 짓을 해서 오히려 녹초가 되어버렸습니다. 조금이라도 알고 있는 사람의 얼굴을, 아니, 닮은 얼굴이라도 길에서 보면 깜짝 놀라 순간적으로 현기증이 날 정도로 불쾌한 전율을 느끼곤 했습니다. 남에게 호감을 얻는 방법은 알고 있어도 남을 사랑하는 능력은 결여되어 있는 것 같았습니다. (그런데 세상 사람들에게도 과연 '사랑'을 하는 능력이 있는지에 대해서는 아직까지 의문입니다.) 이런 나에게 '친구'가 생길 리 없었고, 게다가 나는 남의 집을 '방문'할 능력조차도 없었습니다. 타인의 집 대문은 나에게는 바로 『신곡』에 나오는 지옥의 문 이상으로 기분 나쁜 존재였고, 그 문의 안쪽에서 피비린내를 내뿜는 용 같은 무서운 괴수가 움틀거리는 기색을, 과장이 아니라 실제로 느끼고 있었습니다.

누구와도 교제하지 않는다. 어디에도 갈 데가 없다.

호리키.

그야말로 농담에서 시작해 진담으로 발전한 경우였습니다. 놓아두고 온 편지에 적은 대로 나는 아사쿠사에 있는 호리키를 찾아가기로 했습니다. 지금까지 내가 호리키의 집을 찾아간 적은 한 번도 없었고 보통 전보로 그를 불러내 왔습니다. 그러나 지금은 전보 요금으로 낼 돈조차 없었고, 게다가 보잘것없는 자의 비뚜름한 생각으로는 전보를 치는 것만으로는 호리키가 와주지 않을지도 모른다는 생각에, 내가 무엇보다 싫어하는 '방문'을 결심하고 한숨을 쉬면서 시영전차를 탔습니다. 이 세상에서 내가 단하나 의지할 곳이 호리키뿐인가, 하는 생각이 들자 소름이 끼칠 정도로 처참한 기분이었습니다.

호리키는 집에 있었습니다. 지저분한 골목길의 안쪽에 있는 이층집으로, 호리키는 위층에 살고 있었고 밑에는 그의 노부모와 젊은 직공 세 명이 끈 부분을 잇고 두드리면서 나막신을 만들고 있었습니다.

그날 호리키는 도시인으로서 그의 새로운 면모를 내게 보여주었습니다. 한마디로 말해 빈틈없고 뻔뻔했습니다. 시골 출신인 나로서는 눈이 휘둥그레질 정도로 차갑고 교활한 에고이즘이었습니다. 그는 나처럼 그냥 물 흐르듯 흘러가는 사람이 아니었던 것입니다.

"너란 놈한테는 정말 질렸다. 아버지에게 용서를 받은 거야? 아직이야?"

도망쳐 나왔다고는 차마 말을 할 수 없었습니다.

나는 여느 때처럼 거짓말을 했습니다. 금방 호리키에게 들킬 것이 뻔한데도 거짓말을 했습니다.

"그건 어떻게든 되겠지."

"어이, 웃을 일이 아니지. 충고하는데, 바보 짓도 이쯤에서 그만둬. 나는 오늘 볼일이 좀 있어. 요즘 엄청 바쁘거든."

"볼일이라니? 어떤?"

"어이, 어이, 방석에 달린 실 좀 뽑지 마!"

나는 이야기를 하면서 내가 깔고 앉아 있던 방석의 묶음 실이라고 해야 하나, 장식용 실이라고 해야 하나, 아무튼 네 귀퉁이에 달려 있는 실 하나를 무의식적으로 손끝으로 만지작거리며 쑥 잡아당기고 있었습니다. 호리키는 자기 집 물건이라면 방석의 실 하나라도 아까운 듯, 부끄러워하는 기색도 없이 그야말로 눈에 쌍심지를 켜고 나를 책망하는 것이었습니다. 돌이켜 생각해 보면 호리키는 지금까지 나와 만나면서 뭐 하나 손해 본 것이 없었습니다.

호리키의 노모가 단팥죽 두 그릇을 쟁반에 담아 가져왔습니다.

"아, 이런."

호리키는 천하의 효자인 양 노모에게 미안해했고, 말투도 부자연스러울 징도로 성숭했습니다.

"고맙습니다. 단팥죽입니까? 큰 인심 쓰셨네요. 이럴 필요 없는데, 볼일이 있어 금방 외출해야 하거든요. 아뇨, 하지만 모처럼 제일 잘하시는 단팥죽을 가져오셨으니 아까워서라도 먹겠습니다. 너도 한 그릇 어때? 어머니가 일부러 만들어주신 거야. 아, 이런. 맛있네. 훌륭해."

전부가 연극은 아닌 듯 호리키는 엄청 즐거워하며 맛있게 먹었습니다. 나도 맛을 보았습니다만 물 냄새가 났습니다. 새알심도 먹어보았지만 그건 떡이 아니라 나로서는 도저히 정체를 알 수 없는 덩어리였습니다. 결코, 가난한 생활을 경멸하고자 이런 말을 하는 건 아닙니다(그때 그 단팥죽이 맛없다고 생각한 건 아니었고 노모의 성의에도 깊은 인상을 받았습니다. 나에게 가난에 대한 공포심은 있어도 경멸심은 없다고 믿고 있습니다). 그 단팥죽과 단팥죽을 즐기는 호리키에 의해 나는 도시 사람들의 검소한 본성, 또 겉과 속을 확연히 구분해 살아가는 도쿄 사람들의 실체를 발견할 수 있었습니다. 겉이나 속이나 구분없이 그저 계속 인간의 생활로부터 도망만 다니고 있는 바보 같은 나 혼자만 완전히 뒤처져서는 호리키에게조차 버림받았다는 느낌이 들어 낭패였으며, 단팥죽과 함께 나온 옻칠 벗겨진 젓가락을 만지작거리며 견딜 수 없는 외로움을 느꼈다는 사실을 적고 싶은 심정뿐입니다.

"미안하지만, 난 오늘은 볼일이 있어서."

호리키가 일어나 상의를 입으면서 말했습니다.

"실례할게, 미안하지만."

그때 호리키에게 여자 손님이 찾아와 나의 운명도 급변했습니다.

호리키는 갑자기 안색을 확 바꾸며 말했습니다.

"아, 미안합니다. 지금 말이죠, 그쪽으로 찾아뵈려고 생각하고 있던 참인데 이 사람이 갑자기 와서, 아니, 상관없습니다. 올라오세요."

호리키는 엄청 당황했는지, 내가 나의 방석을 뒤집어서 여자에게 주려고 하자 그것을 빼앗아서는 또다시 뒤집어 여자에게 권했습니다. 방 안에는 호리키가 깔고 앉아 있던 방석 외에는 그 방석 하나밖에 없었습니다.

마르고 키가 큰 여자였습니다. 여자는 그 방석을 옆으로 밀어 두고 방문 근처의 구석에 앉았습니다. 나는 멍하니 두 사람의 대화를 듣고 있었습니다. 여자는 잡지사 직원으로 호리키에게 삽화를 전부터 부탁해 뒀는지 그것을 받으러 온 모양이었습니다.

"바쁘신 모양이죠?"

"다 되어 있습니다. 벌써 완성했지요. 이겁니다, 자."

그때 전보가 왔습니다.

호리키는 전보를 읽고, 들뜬 기색을 험악한 낯빛으로 바꾸더니 이렇게 말했습니다.

"쳇, 이봐! 이게 어떻게 된 거야?"

넙치에게서 온 전보였습니다.

"어쨌든 바로 돌아가! 내가 함께 가주면 좋겠지만, 난 지금 그럴 틈이 없어. 가출한 주제에 태평한 얼굴하고는."

"댁은 어느 쪽이세요?"

"오쿠보입니다."

나는 그만 대답해 버리고 말았습니다.

"그럼, 회사 근처네요."

여자는 고슈 출신으로 스물여덟 살이었습니다. 다섯 살 된 딸아이와 고엔지의 아파트에서 살고 있었습니다. 남편과 사별한 지 3년이 되었다는 말을 했습니다.

"당신은 무척 고생하면서 자란 사람 같아요. 남을 너무 배려하는 게 엿보여요, 가엾게도."

난생처음으로 기둥서방 같은 생활을 했습니다. 시즈코(그 여기자의 이름입니다)가 신주쿠의 잡지사에 출근하고 나면 나는 시게코라는 다섯 살짜리 여자아이와 둘이서 조용히 집을 지켰습니다. 예전에는 엄마가 출근하면 아파트 관리인의 방에서 놀았던 것 같습니다만, '배려심'이 있는 아저씨가 놀이 상대로 등장하자 꽤나 기분이 좋은 것 같았습니다.

일주일 정도 멍하니 그 집에서 지냈습니다. 아파트 바로 앞 전선에 연이 하나 걸려 있었는데, 황사 바람에 휘날려 찢겼지만 그래도 용케 떨어지지 않고 전선에 매달려 있었습니다. 어쩐지 고개를 끄덕이는 것 같아서 나는 그 연을 볼 때마다 쓴웃음이 나 얼굴이 벌게졌고, 연이 꿈속에까지 나타나 가위 눌리는 날도 있었습니다.

"돈이 필요한데."

"……얼마나?"

"많이……. 돈이 떨어지면 인연도 끝이라는 말, 진짜야."

"바보같이. 그런 구닥다리……."

"그래? 그런데 너는 몰라. 이대로라면 나는 도망갈지도 몰라."

"대체 누가 가난뱅이야? 그리고 누가 도망을 쳐? 말도 안 돼."

"내가 돈을 벌어 그 돈으로 술, 아니, 담배를 사고 싶어. 그림만 해도 내가 호리키보다는 훨씬 잘 그린다고 생각하는데."

그때 나의 뇌리에 스쳐 지나가는 것은, 중학교 시절에 다케이치에게 보여준 소위 '도깨비'의 초상화 몇 장이었습니다. 잃어버린 걸작. 그 그림은 빈번한 이사 때문에 잃어버렸습니다만, 그 그림만큼은 정말이지 훌륭한 그림이었다는 생각이 듭니다. 그 후에 이래저래 그려보아도 그 추억의 걸작에는 전혀 미칠 수 없었고, 나는 언제나 마음속이 텅 빈 것 같은 피곤한 상실감에 빠져버릴 수밖에 없었습니다.

마시고 남은 한 잔의 압생트.[1]

나는 영원히 보상받지 못할 그 상실감을 그렇게 문득 표현해 보았습니다. 그림 얘기가 나오면 나는 눈앞에 그 마시다 만 압생트가 어른거려, '그 그림을 이 사람에게 보여주고 싶다, 그리고 나의 소질을 믿게 하고 싶다'라는 초조함에 시달렸습니다.

"후후, 과연 그럴까? 당신은 진지한 표정으로 농담을 해서 귀

1  주정도가 높은 녹색의 양주.

여워."

'농담이 아니야, 진담이라고. 아아, 그 그림을 보여주고 싶다'라는 번민의 공회전을 돌다가 나는 할 수 없이 생각을 바꾸고 거의 자포자기 상태에서 이렇게 말했습니다.

"만화 말이야. 적어도 만화라면 호리키보다는 잘 그리지."

시즈코는 광대의 거짓말을 오히려 진실로 받아들였습니다.

"그래, 맞아. 나도 실은 감탄하고 있었어. 시게코에게 늘 그려주는 만화, 나도 그만 웃음을 터뜨리고 말았다니까. 한번 해봐요, 내가 회사 편집장한테 한번 부탁해 볼까?"

그 회사는 그다지 이름이 알려지지 않았지만 아동 대상으로 월간 잡지를 발행하고 있었습니다.

"……당신을 바라보고 있으면 대부분의 여자는 뭔가 해주고 싶어서 견딜 수가 없게 돼. ……항상 겁에 질려 있는 듯하면서도 웃기는 사람이라니까. ……때때로 혼자 깊은 수심에 빠져 있지만 그 모습이 여자의 마음을 더욱 들뜨게 하거든."

시즈코는 이런 식으로 엄청 비행기를 태웠지만, 그것이 바로 기둥서방의 추잡한 특질일 것이라고 생각하니 그야말로 더욱 '수심'에 잠길 뿐 전혀 기분이 풀리지 않았습니다. 여자보다는 돈, 어쨌든 시즈코에게 벗어나 자립해야 한다고 혼자서 염원하고 궁리도 해봤지만 오히려 점점 더 시즈코에게 기댈 수밖에 없는 처지가 되었고, 가출의 뒤처리부터 시작해 거의 모든 일을 남자 저리가라 하는 고슈 출신의 그녀가 떠맡았기 때문에 나는 시즈코 앞에서 더욱 주눅이 들 수밖에 없었습니다.

시즈코의 주선으로 넙치, 호리키 그리고 시즈코의 3자 회담이 있고 나서, 나는 고향으로부터 완전히 의절을 당하게 되었습니다. 대신 시즈코와 '당당히' 동거하게 되었고, 시즈코가 분주히 뛰어다니며 노력한 덕택에 내가 그린 만화도 의외로 돈이 되었습니다. 나는 그 돈으로 술이며 담배를 샀습니다. 하지만 초조함, 우울함은 더욱더 쌓여갈 뿐이었습니다. 그야말로 수심에 수심이 거듭되어, 시즈코네 회사 잡지에 매달 연재되는 만화 〈긴타 씨와 오타 씨의 모험〉을 그리면서 문득 고향집이 생각나 너무나도 외로운 나머지 더는 펜을 움직이지 못하고 그대로 엎드려 눈물까지 흘렸습니다.

그럴 때 나에게 작은 위안이 되어준 건 시게코였습니다. 시게코는 그 무렵 나를 아무런 망설임도 없이 '아빠'라고 불렀습니다.

"아빠, 기도를 하면 하느님이 무엇이든 준다는 거 정말이야?"

나야말로 그 기도를 하고 싶은 심정이었습니다.

아아, 나에게 냉정한 의지를 주시옵소서. 나에게 '인간'의 본질을 알게 해주시옵소서. 사람이 사람을 거부해도 죄가 되지 않도록, 나에게 분노의 마스크를 주시옵소서.

"응, 그래. 시게코에게는 뭐든지 주시겠지만, 아빠에게는 안 그럴지도 몰라."

나는 신조차도 두려웠습니다. 신의 사랑을 믿을 수 없었고, 오직 신의 벌만이 존재한다고 믿고 있었습니다. 신앙. 그것은 신의 벌을 받기 위해서 고개를 숙이고 심판대로 향하는 것과 같다는 생각이 들었습니다. 지옥은 믿을 수 있어도 천국의 존재는 도저히 믿을 수가 없었습니다.

"왜 안 들어줘?"

"부모님 말씀을 안 들어서."

"그래? 아빠는 진짜 좋은 사람이라고 모두들 그러던데."

'그건 내가 속이고 있기 때문이다. 이 아파트에 사는 사람 모두가 나에게 호의적이라는 것은 나도 알고 있다. 하지만 나는 얼마나 그들을 두려워하는지.' 그러나 내가 공포를 느끼면 느낄수록 그들은 나를 더 좋아하고, 나는 그들이 좋아하면 할수록 더 두려워져서 그 모두에게서 벗어나야만 하는 이런 불행한 병을 시게코에게 설명해 준다는 것은 도저히 무리였습니다.

"시게코는 하느님에게 무엇을 빌었니?"

나는 슬그머니 말을 돌렸습니다.

"시게코는 말이야, 진짜 아버지가 있었으면 좋겠어."

청천벽력과노 같은 충격과 함께 현기증이 일었습니다. 적敵. 내가 시게코의 적이었던가? 시게코가 나의 적이었던가? 어쨌든 이 집에도 나를 두렵게 하는 어른이 있었던 것입니다. 타인, 불가사의한 타인. 비밀투성이의 타인. 시게코의 얼굴이 갑자기 그렇게 비쳤습니다.

시게코만은 그렇지 않으리라 생각했는데, 역시 이 아이도 '갑자기 파리를 때려죽이는 소의 꼬리'를 가지고 있었던 것입니다. 나는 그 이후 시게코조차도 두려워하게 되었습니다.

"색마, 집에 있어?"

호리키가 나의 새로운 은신처를 또 들락거리기 시작했습니다. 가출하던 그날, 그만큼 나를 외롭게 만든 녀석이거늘 그래도 나는 거부할 수 없었으며 조용한 미소로 받아들였습니다.

"네 만화가 꽤 인기가 있다지, 아마? 아마추어는 물불 가리지 않고 덤비니까 당해낼 재간이 없지. 하지만 우쭐대지 말라고! 데생이 영 어설프니까 말이야."

세 번째 수기    **83**

스승이라도 되는 듯한 태도로 말을 던지는 것이었습니다. 나는 그 '도깨비' 그림을 이놈에게 보여주면 어떤 표정을 지을까? 하고 예의 그 번민의 공회전을 느끼며 말했습니다.

"제발 그런 말은 하지 마. 비명이 절로 나온단 말야."

호리키는 한층 더 우쭐해져서는 이렇게 대꾸했습니다.

"처세술의 재능만 믿고 있다가는 언젠가 탄로 나고 말걸."

처세술의 재능……? 나는 정말이지 실소를 금할 길이 없었습니다. 딴 사람도 아닌 나에게 처세술의 재능이라니! 하지만 나처럼 인간을 두려워하고, 피하고, 속이는 것이 어떤 속담에서 말하는 '건드리지 않으면 재앙도 없다.' 따위의 영악하고 교활한 처세술을 숭배하는 것과 같은 것일까요? 아아, 인간은 서로를 너무나도 모릅니다. 완전히 반대로 알고 있으면서 평생에 둘도 없는 친구라고 생각하고, 그러다가 상대방이 죽으면 울면서 조사弔詞 따위나 낭송하는 건 아닐까요?

호리키는 어쨌든 내 가출에 따른 뒤처리를 맡아준 사람이었으므로(물론 시즈코에게 부탁을 받아 울며 겨자먹기로 한 것이 틀림없습니다만), 마치 자신이 갱생의 대단한 은인이나 월하빙인[1]이라도 되는 양 행동했습니다. 짐짓 엄숙한 표정으로 내게 설교조의 말을 하거나 밤늦게 거나하게 취해서 쳐들어와서는 자고 가기도 했고, 또 5엔(항상 똑같이 5엔이었습니다)을 빌려가곤 했습니다.

"그런데 여자 편력도 이 정도에서 그쳐야지. 더 이상 계속되면 세상이 용서하지 않을 거야."

---

1 '월하노인月下老人'과 '빙상인氷上人'이라는 뜻으로, 중매를 하는 사람을 이르는 말.

세상이란 과연 무엇일까요? 인간의 복수일까요? 어디에 그 세상이란 것의 실체가 있을까요? 어쨌든 강하고 엄격하고 무서운 것이라고만 생각하면서 이때까지 살아왔습니다만, 호리키한테 이 말을 듣자 문득 '세상이란 게 사실은 너 아니야?'라는 말이 거의 목 언저리까지 올라왔습니다. 하지만 호리키를 화나게 하는 것이 싫어 그만 말을 삼켰습니다.

'그건 세상이 용서하지 않아.'

'세상이 아니야. 네가 용서하지 않는 거겠지!'

'그런 짓을 하면 세상으로부터 심하게 당할걸?'

'세상이 아니고 너겠지.'

'이제 곧 세상에서 매장당할 거야.'

'세상이 아니라 네가 나를 매장시키는 거겠지.'

'너 자신의 무서움, 괴기, 악랄, 교활함, 요괴스러움을 알아라!'

갖가지 생각이 마음속에 떠올랐지만, 나는 다만 이마에 흐르는 땀을 손수건으로 닦으면서 "식은땀이 다 나네"라고 말하고 웃을 뿐이었습니다.

하지만 그때 이후로 나는 '세상이란 개인이 아닐까?'라는, 철학 비슷한 생각을 하게 되었습니다.

세상이란 다름 아닌 개인이라고 깨닫게 된 후, 나는 예전보다는 다소 나 자신의 의지로 행동할 수 있게 되었습니다. 시즈코의 말을 빌리자면 꽤나 제멋대로 행동하게 되었고 겁에 질린 행동이 어느 정도 수그러들었습니다. 또 호리키의 말을 빌리자면 엄청 구두쇠가 되었습니다. 또 시게코의 말을 빌리자면, 별로 시게코를 귀여워하지 않게 되었습니다.

하루종일 말도 없고 웃을 일도 없이 시게코의 보모 노릇이나

하면서, 〈긴타 씨와 오타 씨의 모험〉이나 〈천하태평 아빠〉의 확
연한 아류 작품인 〈천하태평 스님〉, 또 〈출랑이 핀〉 같은, 나 자
신도 의미를 모르면서 엉터리 제목을 붙인 연재만화 따위를 출
판사의 주문에 따라(시즈코네 회사가 아닌 곳에서도 드문드문 주문
이 들어왔습니다만 전부 시즈코네보다 작고 조잡한, 소위 말하는 삼
류 출판사들뿐이었습니다), 정말이지 암울한 기분으로 느릿느릿
(나의 그림 그리는 속도는 대단히 늦은 편이었습니다), 오직 술값을
벌기 위해 그렸습니다. 그러고는 시즈코가 회사에서 돌아오면
바로 교대를 하고는 고엔지 역 근처의 포장마차나 스탠드바에서
싸구려 독주를 마시고 조금은 기분이 좋아져서 아파트로 돌아오
곤 했습니다.

"보면 볼수록 이상한 얼굴이야, 넌. 천하태평 스님의 얼굴도
실은 너의 잠든 얼굴에서 힌트를 얻은 거야."

"당신 잠자는 얼굴도 엄청 늙었어, 마흔이나 된 사람처럼."

"네 탓이지. 전부 빨려버렸지. 물의 흐름과 사람의 몸은 말야
아아, 구불구부우울 강가의 버드나무지."

"떠들지 말고 어서 주무세요. 아니면 밥이라도 먹을래요?"

너무나도 침착한 태도로 대응하기에 도무지 상대가 되지가 않
습니다.

"술이라면 마시지. 물의 흐름과 사람의 몸은 말이지이이, 사람
의 흐름과, 아니 물의 흐으으름과 물의 모오옴은 말이지."

시즈코가 옷을 벗겨주면 나는 노래를 부르면서 시즈코의 가슴
에 이마를 갖다대고 잠들어 버리는 것입니다. 그게 나의 일상이
었습니다.

그런데 그다음 날도 같은 일을 반복하고,
어제와 변함 없는 관례에 따르면 된다.
즉 거칠고 큰 기쁨을 피하고만 있으면,
자연히 커다란 슬픔도 오지 않는 것이다.
가는 길을 막는 거추장스러운 돌을
두꺼비는 돌아서 간다.


　우에다 빈[1]이 번역한 샤를 크로[2]라는 사람의 이 시를 발견했을 때, 정말이지 얼굴에 불이 나는 것 같았습니다.

　두꺼비.

　'이것이 나의 본모습이다. 세상이 용서할 것도 용서하지 않을 것도 없다. 그리고 매장이고 뭐고 할 것도 없다. 나는 개나 고양이보다도 열등한 동물이다. 두꺼비. 느릿느릿 움직일 뿐인 두꺼비.'

　음주량이 점점 늘어만 갔습니다. 고엔지 역 근처뿐 아니라 신주쿠, 긴자 방면까지 진출해서 마시고 외박하는 일도 점점 늘어만 갔습니다. 더 이상 습관에 얽매이지 않으려고 바에서 불한당 흉내를 내기도 했고, 가릴 것 없이 아무에게나 닥치는 대로 키스 세례를 퍼붓기도 했습니다. 그러고는 그 정사 사건 이전처럼, 아니, 그때보다 더 거칠고 야비한 주당이 되어, 돈에 쪼들리면 시즈코의 옷가지까지 들고 나갈 지경이 되었습니다.

　처음 여기 와서 찢어진 연을 보며 쓴웃음을 지은 지 벌써 1년이 더 지나 벚꽃이 모두 지고 푸른 잎이 무성할 무렵, 나는 또 시

1　메이지 시대의 문학자, 번역가(1874-1916).
2　프랑스의 시인, 화학자(1842-1888).

즈코의 허리띠와 속옷을 몰래 들고 나가 전당포에 가서 돈을 구해서는 긴자에서 술을 마시고 이틀 밤 연달아 외박했습니다. 사흘째 되는 밤에는 나도 내심 불안해져 무의식적으로 발소리를 죽이고 시즈코네 집 앞에 오니 안에서 시즈코와 시게코가 속닥거리는 소리가 들렸습니다.

"왜 술을 마셔?"

"아빠는 말야, 술이 좋아서 마시는 게 아니에요. 너무나 좋은 사람이라서, 그래서……."

"좋은 사람은 술을 마시는 거야?"

"꼭 그렇지는 않지만……."

"아빠는 틀림없이 깜짝 놀랄 거야."

"싫어할지도 몰라. 어머, 저기 봐, 상자에서 튀어나왔어."

"촐랑이 핀 같아."

"정말 그렇네."

정말이지 행복에 찬 시즈코의 웃음소리가 들려왔습니다.

문을 조금 열고 안을 들여다보자 하얀 새끼 토끼가 보였습니다. 토끼는 깡충깡충 온 방을 뛰어다니고, 모녀는 토끼를 쫓고 있었습니다.

'행복한 거야, 이 사람들은. 나 같은 바보가 이 두 사람 사이에 끼어든 바람에 둘의 생활이 엉망이 되어버린 거야! 조용한 행복. 행복한 모녀. 아아, 만약 신이 나 같은 놈의 기도라도 들어주신다면 단 한 번만이라도, 평생에 단 한 번만이라도 좋으니 행복을 빌고 싶다!'

나는 그곳에 꿇어 앉아 두 손을 모으고 기도하고 싶은 심정이었습니다. 조용히 문을 닫고 다시 긴자로 가서, 그 후로는 그 아파트에 돌아가지 않았습니다.

　그리고 교바시 근처에 있는 스탠드바 2층에서 나는 또 다른 여자의 기둥서방 같은 처지로 지내게 되었습니다.
　세상. 나도 그것을 간신히 어렴풋하게나마 알 것 같았습니다. '세상이란 개인과 개인 사이의 싸움이고, 그 순간 이기면 그만이다. **인간은 결코 인간에게 복종하지 않는다.** 노예조차도 노예다운 비굴한 보복을 하는 법이다. 그러니까 인간에게는 그 순간의 승부에서 이기는 것 외에는 살아남을 방법이 없는 것이다. 사람들은 대의명분을 위한다고 외치지만 사실 노력하는 목표는 반드시 개인을 위해서이며, 개인을 뛰어 넘으면 또 개인, 세상의 난해함이란 즉 개인의 난해함이며, 대양(大洋)은 세상이 아니라 개인인 것이다.' 이런 식으로 생각하며 나는 세상이라는 커다란 바다의 환영에 대한 두려움으로부터 다소간 해방되어 예전만큼 이것저것 끝없이 걱정하는 일 없이, 말하자면 당장 필요에 따라 어느 정도 뻔뻔하게 행동하는 법을 배웠습니다.
　고엔지의 아파트에서 나와 교바시 스탠드바의 마담에게 가서 이렇게 말했습니다.
　"헤어지고 왔어."
　그 말만으로 충분했습니다. 즉 한판 승부는 끝이 나서 그날 밤부터 나는 뻔뻔하게 그곳 2층에서 지내게 되었습니다. 하지만 무섭다고 생각했던 '세상'은 나에게 아무런 위해도 가하지 않았으며, 나 또한 '세상'에게 아무런 변명도 하지 않았습니다. 마담이 이해해 준다면 그것으로 전부 해결되는 것이었습니다.
　나는 그 가게의 손님이기도 하고, 남편이기도 하고, 심부름꾼

이기도 하고, 친척 같기도 하고, 옆에서 누가 보면 엄청 수상한 존재였을 텐데도 '세상'은 조금도 나를 의심하지 않았고, 그 가게의 단골손님들도 나를 "요조, 요조." 하고 부르며 무척 상냥하게 대해주고 술도 마시게 해주었습니다.

세상을 향한 나의 경계심은 점차 수그러들었습니다. 세상이라는 곳이 그렇게 무서운 곳은 아니구나, 하고 생각하게 된 것입니다. 즉 지금까지 내가 느낀 공포심이란, 봄바람에는 천식 일으키는 세균이 몇십만 마리, 공중목욕탕에는 눈을 멀게 하는 세균이 몇십만 마리, 이발소에는 대머리 되는 세균이 몇십만 마리, 전차 손잡이에는 옴벌레가 우글우글, 또 생선회나 소, 돼지고기에는 촌충의 애벌레나 디스토마 같은, 하여간 벌레의 알이 반드시 우글거리고 있고, 또 맨발로 걸으면 발바닥에 유리 파편이 박혀 그게 몸속을 돌아다니다 눈알에 들어가 실명시킬 수도 있다는 등의, 소위 말하는 '과학의 미신'에 겁 먹고 있던 것과 마찬가지였습니다. 물론 몇십만 마리의 세균이 우글거리는 것은 '과학적'으로도 틀림없이 정확한 사실이겠지요. 하지만 그 존재를 완전히 묵살해 버리면 이미 나 자신과는 전혀 상관 없는 일이 되어 금세 사라지는 '과학의 유령'에 지나지 않는다는 사실도 나는 알게 되었습니다. 도시락을 먹고 남긴 밥알 세 개, 천만 명이 하루에 세 개씩 남긴다면 쌀 몇 가마니를 낭비하는 꼴이다, 혹은 천만 명이 하루에 휴지 한 장씩만 절약한다면 펄프가 얼만큼 절약되는가 등의 '과학적 통계'에 나는 엄청나게 겁을 먹곤 했습니다. 밥을 한 알이라도 남길 때마다, 또 코를 풀 때마다 산더미만큼의 쌀, 산더미만큼의 휴지를 낭비한다는 착각에 고뇌하고, 내가 지금 중대한 범죄를 저지르고 있는 것 같아 암울한 기분에 빠졌습니다. 하지만 모두가 그야말로 '과학의 거짓', '통계의 거짓', '수학의 거짓'이었을 뿐, 밥알 세 개는 모일 수 없고 곱셈, 나눗셈의 응용 문제로 내놓기에도 정말 원시적이고 저급한 주제이며, 불이 꺼져 있는 어두운 화장실 변기에 사람은 몇 번에 한 번 꼴로 발을 빠뜨리는가, 또는 전차 출입문과 플랫폼 사이의 그 좁은 틈에 승객 중 몇 명이 발을 빠뜨리는가, 그런 확률을 계산하는 것과 마찬가지로 바보같은 일입니다. 너무나 있을 법한 일이지만 화장실 변기에 빠져 다쳤다는 이야기는 한 번도 들어본 적이 없고, 그런 가설을 '과학적 사실'이라고 교육받고 그것을 완전한 현실로 받아들여 공포에 떨었던 어제까지의 나 자신이 가련하게 여겨져 웃음이 나올 만큼, 나도 세상이라는 것의 실체를 조금씩 알게 되었습니다.

말은 이렇게 하지만 그래도 인간은 아직까지 나에게는 두려운 존재로, 가게 손님과 마주하기 위해서는 술을 큰 잔으로 한 잔 들이켜야만 했습니다. 두려운 것을 오히려 즐기는 심리. 나는 매일 밤 가게에 나가 어린이가 사실은 무서워하는 작은 동물을 오히려 세게 꽉 잡아버리는 것 같은 심정으로 술에 취해서는 가게 손님에게 서투른 예술론을 펼치곤 했습니다.

만화가. 그러나 나는 커다란 기쁨도 커다란 비애도 없는 무명의 만화가. 나중에 아무리 엄청난 비애가 엄습하더라도 상관없다. 거칠고 커다란 기쁨을 느끼고 싶다. 이렇게 내심 초조해했지만, 그때 나의 기쁨이란 그저 손님과 쓸데없는 논쟁을 하거나 손님의 술을 얻어 마시는 일뿐이었습니다.

교바시에 와서 이런 하찮은 생활이 지속된 지도 벌써 1년이 지났습니다. 그동안 나의 만화는 아동용 잡지뿐 아니라 역에서 팔고 있는 조잡하고 외설스러운 잡지에도 실리게 되었습니다. 나는 '조시 이키타'¹라는 장난스러운 익명으로 지저분한 나체 그림을 그리고는 그 그림에 반드시 『루바이야트』²의 시구를 삽입했습니다.

쓸데없는 기도 따위 관두라니까
눈물을 자아내는 그런 짓들 집어치워 버려
자 한잔하자, 좋은 추억만 떠올리며
필요 없는 근심 따위 잊어버리자꾸나

불안이나 공포로 사람을 위협하는 놈들은
스스로 지은 엄청난 죄 때문에 겁을 먹고
죽은 자의 복수에 대비하고자
자신의 뇌리 속에서 부단히 계략을 짜내누나

어젯밤엔 술이 가득하고 나의 가슴은 기쁨으로 충만하고
오늘 아침엔 술이 깨어 황량할 뿐
의심스럽구나 하룻밤 사이에
완전히 바뀌는 이 기분이여

뒤탈 따위 생각하지 마라
멀리서 들려오는 큰 북소리마냥

---

1  정사에서 살아 돌아왔다는 뜻.
2  페르시아 시인이자 수학자였던 오마르 하이얌(1048-1131)의 사행시 시집.

왠지 모르게 그놈은 불안하다
방귀 뀐 것까지 일일이 죄로 친다면 어떻게 살리오


정의가 인생의 지침이라고?
그렇다면, 피로 물든 전장
암살자의 칼날에
무슨 정의가 깃들어 있겠는가


어디에 지도 원리가 있다는 것이냐?
어떤 예지의 빛이 있다는 것이냐?
아름다움도 두려움도 모두가 덧없는 것
연약한 인간의 자식은 버거운 짐을 지고 있구나


어찌할 수 없는 정욕의 종자를 품었기에
선이다, 악이다, 죄다 벌이다, 저주받을 뿐
어찌할 바를 모르고 다만 갈팡질팡할 뿐
억제할 힘도 의지도 부여받지 못했기에


어디를 어떻게 방황했는가
뭐, 비판 검토 재인식?
헤에, 덧없는 꿈을, 존재하지도 않는 환영을
헤에, 술을 잊고 있으니 모두 어리석은 자의 생각이니라


어때, 이 끝없는 하늘을 보아라
그 속에 달랑 한 점의 점에 불과할 뿐

이 지구가 왜 자전하는지 내가 어떻게 알아
자전 공전 반전 전부 맘대로 해버려

가는 곳마다 지고의 힘을 느끼고
모든 나라 모든 민족에게
동일한 인간성을 발견하는
나는 이단자라네

모두 성경을 잘못 읽고 있지
그렇지 않다면 상식도 지혜도 없는 거야
산 자의 기쁨을 금지하고 술을 금지하고
됐어, 무스타파, 난 그런 거 몹시 싫어해

그런데 그 무렵 나에게 술을 끊으라고 권하는 아가씨가 한 명 있었습니다.

"이럼 안 되죠, 매일같이 대낮부터 취해 계시니."

바 건너편에 있는 작은 담배 가게의 열일고여덟 살쯤 되어 보이는 아가씨였습니다. '요시코'라는 이름의, 피부가 희고 웃으면 덧니가 보이는 아이였습니다. 그 아이는 내가 담배를 사러 갈 때마다 미소를 지으며 충고를 했습니다.

"왜 안 되는데? 뭐가 나빠서? '있는 술을 마시고, 인간의 자식이여, 증오를 제거하라'라는 옛날 페르시아의, 아냐, 그만두자. '슬프고 피곤한 가슴에 희망을 가져다주는 것은 단지 취하게 해주는 한 잔의 술이니라.' 알겠어?"

"몰라요."

"이 녀석, 키스해 버릴까 보다."

"하세요."

조금도 부끄럼 없이 입술을 내미는 것이었습니다.

"바보야, 정조 관념……."

하지만 요시코의 표정에서는 분명 그 누구에게도 더럽혀지지 않은 동정녀의 정취가 풍겼습니다.

해가 바뀌고 몹시 추웠던 어느 날 밤, 나는 술에 취한 채 담배를 사러 나가다 그만 담배 가게 앞 맨홀에 빠져버렸습니다. "요시코, 살려줘!" 하고 외치자 요시코가 나타나 나를 끌어올리고는 오른쪽 어깨에 생긴 상처를 치료해 주었습니다. 그때 요시코는 진지하게 "너무 많이 마시잖아요"라고 정색을 하며 말했습니다.

나는 죽는 것은 조금도 두렵지 않았습니다만, 부상을 당해 피를 흘리고 불구자가 되는 것만큼은 정말이지 싫었으므로 요시코에게 치료를 받으면서 술을 이제 적당히 끊어볼까, 하고 생각했습니다.

"끊겠어. 내일부터 한 방울도 마시지 않을 거야."

"정말?"

"반드시 끊을게. 끊으면 요시코, 나랑 결혼해 줄래?"

그러나 결혼 이야기는 농담이었습니다.

"물이죠."

'물'은 '물론'의 준말로, 당시에는 '모보'(모던보이)나 '모가'(모던걸) 같은 여러 준말이 유행했습니다.

"알았어, 손도장 찍자. 틀림없이 끊을게."

그러나 다음 날, 나는 또 대낮부터 마셨습니다.

저녁 무렵, 비틀거리며 밖으로 나가 요시코의 가게 앞에 서서 말했습니다.

"요시코, 미안. 마셨어."

"어머, 미워. 취한 척하시기는."

정신이 번쩍 들었습니다. 취기도 가시는 기분이었습니다.

"아니, 정말이야. 진짜로 마셨어. 취한 척하는 게 아니야."

"놀리지 마세요. 나쁜 사람이네."

전혀 의심하지 않는 것이었습니다.

"보면 알 것 아냐. 오늘도 낮부터 마셨어. 용서해."

"연극을 잘하시네요."

"연극이 아니야, 바보야. 키스해 버릴 거야."

"하세요."

"아니, 난 자격이 없어. 결혼하는 것도 포기할 수밖에. 얼굴을
봐, 빨갛지? 마셨다니까."

"그건 노을이 비쳤기 때문이죠. 속이려 해도 소용없어요. 어제
약속했는데 마실 리가 없잖아요. 손도장도 찍어놓고. 술을 마셨
다니, 거짓말, 거짓말."

어두컴컴한 가게 안에 앉아 미소 짓고 있는 요시코의 하얀 얼
굴. 아아, 오욕을 모르는 동정의 고귀함. 나는 이때까지 나보다
어린 처녀와 자본 적이 없다. 결혼하자. 이것으로 인해 어떤 큰
슬픔이 닥쳐와도 좋다. 사나울 만큼 큰 기쁨이 생애에 단 한 번
밖에 없어도 좋다. 처녀성의 아름다움이라는 건 바보 같은 시인
들의 달콤한 감상에 지나지 않는다고 생각해 왔는데, 역시 이 세
상에 존재했구나. 결혼해서 봄이 되면 둘이 자전거를 타고 아오
바 폭포를 보러 가야겠다고 그 자리에서 결심하고, 이른바 '단판
승부'로 그 꽃을 훔치는 데 주저하지 않았습니다.

이윽고 우리는 결혼을 했지만, 결혼으로 얻은 기쁨은 그렇게 크지 않았습니다. 오히려 그 뒤에 찾아온 비애는 처참하다는 말로는 부족할 정도로 실로 상상을 초월하는 것이었습니다. 나에게 있어 '세상'은 역시 깊이를 알 수 없고 무서운 곳이었습니다. 결코 그런 '단판 승부'로 하나부터 열까지 다 결정되는 수월한 곳이 아니었던 것입니다.

## 2

호리키와 나.

서로 경멸하면서 교제하고 서로를 보잘것없는 인간으로 만들어가는 것이 이 세상에서 소위 말하는 '교우'라면, 나와 호리키의 사이도 그야말로 '교우'였음이 틀림없습니다.

내가 그 교바시 스탠드바 마담의 의협심에 기대어(여자의 의협심이라니, 기묘하게 들리겠지만 나의 경험에 의하면 적어도 **도시**에 사는 남녀의 경우 남자보다도 여자가 그 의협심이라는 것을 더 많이 가지고 있었습니다. 남자는 대체로 벌벌 떨고, 체면만 차리고, 구두쇠였습니다) 담배 가게의 요시코를 내연의 처로 받아들일 수 있었습니다. 쓰키지의 스미다 강 근처, 목조 2층짜리 작은 아파트의 1층에 작은 방을 하나 빌려서는 술을 끊고 이제는 거의 나의 직업이 되어버린 만화 일에 전념했습니다. 저녁 밥을 먹으면 둘이서 영화를 보러 가기도 했습니다. 돌아오는 길에는 다방에 들리거나 화분을 사기도 했습니다. 하지만 그것보다도 나를 마음 깊이 신뢰하고 있는 이 어린 신부의 이야기를 듣는 것과 행동을 바라보는 것이 즐거웠습니다. 혹시 이러다가 나도 점점 인간다운 생활을 하게 되어 비참한 최후를 맞지 않아도 되지 않을까,

하는 달콤한 생각을 마음속에 품어가던 바로 그때, 호리키가 또 나의 눈앞에 나타났습니다.

"어이, 색마! 어라? 그래도 조금은 사람다운 얼굴이 되었네. 오늘은 고엔지 여사님의 심부름으로 왔다."

호리키는 이렇게 말을 꺼내고는, 갑자기 소리를 죽여 부엌에서 차를 준비하는 요시코 쪽을 턱으로 가리키면서 "괜찮아?"라고 물었습니다.

"상관없어. 무슨 말이든 해도 돼."

나는 차분하게 대답했습니다.

실제로 요시코는 신뢰의 천재라고 부르고 싶을 만큼, 교바시 바 마담과의 관계는 물론 내가 가마쿠라에서 일으킨 사건을 말해줘도 쓰네코와의 사이를 의심하지 않았습니다. 그건 나의 거짓말이 능숙해서가 아니라 때로는 적나라하게 말했는데도 불구하고 요시코에게는 그게 전부 농담으로만 들렸기 때문인 것 같습니다.

"여전히 잘난 체하기는. 아니, 별일은 아니고, 때로는 고엔지에도 놀러 오라는 전언이야."

잊어버릴 만하면 괴조怪鳥가 날갯짓을 하고 날아와 기억 속의 상처를 그 부리로 쪼아댑니다. 금세 과거의 치욕과 죄의 기억이 생생하게 눈앞에 펼쳐져 비명을 지르고 싶을 정도의 공포감에 안절부절못하게 되는 것입니다.

"마실래?"

나의 물음에,

"좋지."

대답하는 호리키.

나와 호리키. 둘은 닮은 꼴이었습니다. 똑같은 인간이란 느낌이 들 때도 있었습니다. 물론 그것은 싸구려 술을 여기저기 마시러 다닐 때의 일이었지만, 어쨌든 우리 둘이 얼굴을 마주하면 순식간에 똑같은 털을 가진 개로 변해서 눈이 오는 거리를 마구 뛰어다니는 꼴이 되는 것입니다.

그날 이후 우리는 옛정을 돈독히 한 셈이 되어 교바시의 그 작은 바에도 함께 갔고, 만취한 두 마리 개가 고엔지의 아파트에도 쳐들어가 자고 오기까지 했습니다.

잊을 수가 없습니다. 찌는 듯 더운 여름 밤의 일이었습니다. 호리키는 해 질 무렵 낡아빠진 유카타를 입고 쓰키지에 있는 우리 아파트에 와서는, 오늘 사정이 있어 여름 옷을 전당포에 맡겼는데 그 사실을 노모가 알게 되면 정말 난처해진다며, 바로 옷을 찾아야 하니 어쨌든 돈을 빌려달라고 말했습니다. 마침 나에게도 돈이 없었으므로, 항상 그렇듯 요시코에게 말해 요시코의 옷을 전당포에 맡기고 돈을 만들어 오게 했습니다. 호리키에게 빌려주고도 아직 조금 남았기에 남은 돈으로 요시코에게 소주를 사오라고 하고, 우리는 아파트 옥상으로 올라가 스미다 강에서 때때로 불어오는 시궁창 냄새 나는 바람을 맞으며 정말이지 초라한 납량 연회를 열었습니다.

우리는 그때 희극 명사, 비극 명사 맞히기를 시작했습니다. 내가 발명한 놀이였는데, 명사에 저마다 남성 명사, 여성 명사, 중성 명사 같은 구분이 있듯 희극 명사, 비극 명사의 구분도 있어야 하지 않겠느냐는 것이 나의 생각이었습니다. 예를 들면 기선과 기차는 둘 다 비극 명사이고, 시영전차와 버스는 둘 다 희극 명사다. 왜냐고? 그것도 모르는 사람은 예술을 논할 자격이 없다. 희극에 비극 명사를 하나라도 사용하는 극작가는 이미 그것으로 낙제이고, 비극의 경우도 마찬가지라는 논리였습니다.

"자, 시작한다. 담배는?"

내가 묻습니다.

"비극."

호리키가 곧바로 대답합니다.

"약은?"

"가루약이야, 환약이야?"

"주사약."

"비극."

"그럴까? 호르몬 주사도 있는데."

"아니, 틀림없이 비극이야. 일단 주삿바늘부터 훌륭한 비극이잖아."

"알았어. 그렇다고 해주지. 하지만 약과 의사는 말이야, 의외로 희극이라고. 그럼 죽음은?"

"희극. 목사도 중도 그 꼴이지."

"좋아, 예술이군. 그럼 삶은 비극 맞지?"

"아니, 그것도 희극."

"이런, 그럼 전부 희극이 되어버리잖아. 그럼 하나 더 묻겠는데, 만화가는? 이건 희극이라고는 말 못 하겠지?"

"비극, 비극, 엄청난 비극 명사."

"뭐라고? 엄청난 비극은 바로 너잖아."

이런 식의 어설픈 말장난이었지만, 우리는 그 놀이가 세계의 어떤 살롱에도 존재하지 않는, 상당히 세련된 놀이라고 득의양양해 있었습니다.

이것과 비슷한 장난을 그 당시 하나 더 발명했습니다. 그건 반대말 맞히기였습니다. 흑黑의 반대말은 백白. 하지만 백의 반대말은 적赤. 적의 반대말은 흑.

"꽃의 반대말은?"

내가 묻자 호리키는 입을 삐쭉이며 생각하더니 이렇게 말했습니다.

"음, 카게쓰花月라는 요릿집이 있으니까, 달이지."

"아니, 그건 반대말이 아니지. 오히려 동의어야. 별과 제비꽃처럼 동의어라고! 절대 반대말이 아니야."

"알았어. 그럼 벌이다."

"벌?"

"모란에는…… 개미였던가?"

"뭐야, 그건 그림의 모티브잖아. 어딜 적당히 넘어가려고."

"알았어! 꽃에 구름……."

"달에 구름이겠지."

"맞아, 맞아. 꽃에 바람. 바람이야. 꽃의 반대말은 바람."

"별로다. 그건 나니와부시[1] 가사 아니야? 네 수준을 알겠다."

"아니, 비파다."

"더욱 아니지. 꽃의 반대말은 말야……. 그러니까 이 세상에서 제일 꽃답지 않은 것, 그런 것을 골라야지."

"그러면, 음…… 잠깐만, 그래, 여자야."

"말이 나온 김에, 여자의 동의어는?"

"내장."

---

1  일본 전통음악의 한 형태로, 샤미센 반주에 맞춰 서사적인 내용을 노래와 말로 전달하는 음악 장르.

"넌 정말 시를 모르는군. 그럼 내장의 반대말은?"

"우유."

"이건 좋은데? 좋아, 그런 식으로 하나 더. 치욕의 반대말은?"

"뻔뻔함이지. 인기 만화가 조시 이키타."

"호리키 마사오는?"

여기서부터 분위기가 점점 험악해지고 소주 특유의 숙취, 그
야말로 유리 파편이 머리에 꽉 찬 것 같은 암울한 기분에 빠졌
습니다.

"건방진 소리 하지 마! 나는 아직 너처럼 포승줄에 묶이는 치
욕을 당한 적은 없어."

섬뜩했습니다. 호리키는 내심 나를 사람 취급 하지 않았던 것
입니다. 나를 단지 죽지도 못하는, 부끄럼도 없는, 바보 천치의,
소위 '살아 있는 시체'로밖에는 생각지 않고 자신의 쾌락을 위해
이용할 수 있는 한 이용하는, 고작 그것뿐인 '교우'였다고 생각
하니 아무리 나라고 해도 별로 좋은 기분은 들지 않았습니다. 그
렇지만 호리키가 나를 그렇게 보는 것도 어쩌면 당연한 것이, 나
는 옛날부터 인간 자격이 없는 어린이였기 때문입니다. 역시 나
는 호리키 같은 놈에게 경멸받아도 싸다고 생각하고, "죄. 죄의
반대말은 뭐야? 이건 좀 어렵겠지?"라며 짐짓 아무렇지도 않은
표정을 억지로 짓고 말을 돌렸습니다.

"법률."

호리키가 태연하게 대답했으므로 나는 그의 얼굴을 다시 쳐
다보았습니다. 근처 빌딩에서 점멸하는 네온사인의 빨간 불빛이
비쳐 호리키의 얼굴은 무서운 순사처럼 위엄 있어 보였습니다.
나는 너무도 어이가 없어 이렇게 대꾸했습니다.

"죄라는 건 말야, 이봐, 그런 게 아니잖아?"

죄의 반대말이 법률이라니! 하지만 세상 사람들 모두가 그렇게 간단히 생각하고 모른 체하며 살고 있을지도 모르겠습니다. 형사가 없는 곳이야말로 죄가 득실거린다는 식으로 말입니다.

"그럼 뭐야? 신이야? 너에게는 어딘지 모르게 기독교 냄새가 나긴 하지. 밥맛이야."

"야, 그렇게 간단히 말하지 마! 좀 더 둘이서 찬찬히 생각해 보자고. 그래도 이건 재미있는 주제잖아? 이 주제에 대한 대답 하나로 그 사람의 전부를 알 수 있을 것 같다는 생각이 들어."

"설마……. 죄의 반대말은 선이야. 선량한 시민, 즉 나 같은 사람."

"농담 그만하자니까. 그런데 선은 악의 반대말이지, 죄의 반대말은 아니야."

"악과 죄는 다른 거야?"

"다르지 않을까? 선악의 개념은 인간이 만든 거야. 인간이 자기 마음대로 만든 도덕적 언어지."

"사설이 많군. 그럼 역시 신이겠지. 신, 신. 뭐든지 신으로 해버리면 틀릴 일이 거의 없지. 아, 배고파."

"지금 밑에서 요시코가 잠두콩을 삶고 있어."

"자상하기도 해라. 내가 엄청 좋아하는 건데."

두 손을 머리 뒤에 베고 벌렁 드러누웠습니다.

"넌 죄라는 것에 별로 흥미가 없는 것 같네."

"그건 그럴 수밖에. 너처럼 죄인이 아니니까. 나는 여색은 밝혀도 너처럼 여자를 죽이거나 돈을 뜯지는 않아."

'죽인 게 아냐, 돈을 뜯지도 않았어'라고 마음 한구석에서 조용히, 그렇지만 필사적으로 항변하는 목소리가 들려왔지만, 그래, 내가 나쁜 놈이지, 하고 곧바로 생각을 바꿔버리는 나의 이 습성.

나는 도저히 정면에서 당당히 논쟁할 수 없었습니다. 소주의 암울한 취기 때문에 시시각각 기분이 험악해지려는 것을 필사적으로 억제하면서 거의 독백처럼 말했습니다.

"그런데, 감옥에 들어가 있는 것만이 죄가 아니야. 죄의 반대말을 알 수만 있다면 죄의 실체도 알 것 같은데……. 신……, 구원……, 사랑……, 광명……. 하지만 신에게는 사탄이라는 반대말이 있고, 구원의 반대말은 고뇌일 것이고, 사랑에는 증오, 광명에는 그늘이라는 반대말이있고, 선에는 악, 죄와 기도, 죄와 반성, 죄와 고백, 죄와…… 아아, 모두가 동의어군, 죄의 반대말은 과연 뭘까?"

"죄의 반대말은 꿀이지.¹ 꿀처럼 달콤하잖아. 아, 배고파. 뭐 먹을 것 좀 가져와."

"네가 가져오면 될 거 아냐!"

거의 태어나서 처음이라고 해도 과언이 아닌, 극렬한 분노의 소리를 질렀습니다.

"알았어. 그럼 밑에 내려가서 요시코과 죄를 범하고 오겠어. 논쟁보다는 실제 체험. 죄의 반대말은 꿀콩, 아니 잠두콩."

호리키는 혀가 꼬일 지경으로 취해 있었습니다.

"마음대로 해. 빨리 사라져 버려!"

"죄와 공복, 공복과 잠두콩. 어이구, 이건 동의어네."

1  일본어로 '죄'는 '쓰미', '꿀'은 '미쓰'라고 발음한다.

호리키는 말도 안 되는 소리를 지껄이면서 일어섰습니다.

죄와 벌, 도스토옙스키. 문득 그 생각이 두뇌의 한쪽을 스치고 지나가자 정신이 번쩍 들었습니다. 만약 도스토옙스키가 죄와 벌을 동의어로 생각하지 않고 반대말로 나란히 놓은 것이라면? 죄와 벌, 절대적으로 상통할 수 없는 것, 얼음과 숯의 관계. 죄와 벌을 반대말로 생각한 도스토옙스키의 바다 찌꺼기, 썩은 연못, 어지럽게 얽힌 그 본심. ······아, 알았다. 아니 아직······. 두뇌 속에 주마등이 빙글빙글 돌고 있을 때.

"어이, 가당치도 않은 잠두콩이야. 빨리 와봐!"

호리키는 목소리도 안색도 변해 있었습니다. 방금 전에 비틀거리면서 밑으로 내려간 줄 알았는데, 금방 다시 올라온 것입니다.

"뭐야?"

이상한 살기를 띠며 우리는 옥상에서 2층으로 내려갔고, 2층에서 1층으로 내려가는 계단 중간에서 호리키가 멈춰 서더니 "봐!"라며 작은 목소리로 말했습니다.

내 방의 위쪽에 작은 창문이 열려 있어 그 틈으로 방 안이 보였습니다. 켜진 불 아래 두 마리 동물이 있었습니다.

눈앞이 핑 돌며 현기증이 났습니다. 이것 또한 인간의 모습이다, 이것 또한 인간의 모습이다, 놀랄 필요는 없다, 심장이 격하게 뛰는 와중에도 마음속으로 이렇게 중얼거리며 요시코를 구할 생각도 잊고 계단에 붙박인 채 서 있었습니다.

호리키가 큰 기침 소리를 냈습니다. 나는 혼자서 도망치듯 다시 옥상에 뛰어 올라가 드러누워서 비가 내릴 듯한 여름밤 하늘을 쳐다보았을 뿐입니다. 그때 나를 엄습한 감정은 분노가 아니었고, 혐오도 아니었고, 슬픔도 아니었습니다. 엄청난 공포였습니다. 그것도 묘지에 나타나는 유령 따위가 주는 공포가 아니라 신사의 삼나무 숲에서 흰옷을 입은 신체神體를 만났을 때 느낄 법한, 찍소리도 못 낼 태고의 거친 공포감이었습니다. 나의 흰머리는 그날 밤부터 생기기 시작했습니다. 결국 모든 것에 자신감을 잃고 인간을 더욱더 끝없이 의심했으며, 이 세상에 대한 모든 기대와 기쁨, 공감으로부터 영원히 멀어지게 되었습니다. 실로 그것은 내 생애의 결정적인 사건이었습니다. 나는 미간 한가운데 상처를 입었으며, 이후로 그 상처는 누구든 인간이 접근하기만 하면 고통스러웠습니다.

"동정은 하지만, 너라는 인간도 이번 일로 조금은 반성을 했겠지. 이제 나는 두 번 다시 이 집에 안 올 거야. 완전히 지옥이야……. 하지만 요시코는 용서해 줘. 너도 어차피 그렇고 그런 놈이잖아. 그럼 실례할게."

있기 거북한 장소에 오래 버티고 있을 정도로 얼빠진 호리키가 아니었습니다. 나는 벌떡 일어나 혼자 소주를 마시며 큰 소리로 엉엉 울기 시작했습니다. 언제까지고 언제까지고 울음이 그치지 않았습니다. 어느샌가 등 뒤에 요시코가 산더미처럼 쌓인 잠두콩 쟁반을 들고 멍하니 서 있었습니다.

"아무 짓도 안 한다 해놓고는……."

"괜찮아. 아무 말도 하지 마. 너는 사람을 의심할 줄 몰랐던 거야. 앉아. 같이 콩이나 먹자."

나란히 앉아서 콩을 먹었습니다. 아아, 신뢰는 죄인가요? 상대방 남자는 나에게 만화를 그리게 하고는 얼마 되지도 않는 돈을 거들먹거리며 주고 가는, 서른 살 전후의 무식쟁이 땅딸보 상인이었습니다.

예상한 대로 그 상인은 이후로 나타나지 않았습니다. 그런데 나는 어찌된 일인지, 그 상인에 대한 증오보다는 처음 발견했을 때 곧바로 큰 기침이든 무엇이든 아무 수단도 취하지 않고 그대로 나에게 알리러 다시 옥상으로 올라온 호리키를 향한 증오와 분노가 잠 오지 않는 밤이면 부글부글 끓어올라 괴로웠습니다.

용서를 할 것도 용서를 못 할 것도 없습니다. 요시코는 신뢰의 천재이기 때문입니다. 사람을 의심할 줄 몰랐던 것입니다. 하지만, 그 결과의 비참함이란.

신에게 묻습니다. 신뢰는 죄입니까?

요시코가 더럽혀졌다는 사실보다도 요시코의 신뢰가 오염되었다는 사실이, 나에게 있어 그 후 긴 세월을 살아 나갈 수 없을 정도로 깊은 고뇌의 씨앗이 되었습니다. 나 같은 놈처럼 불쾌하게 벌벌 떨면서 남의 안색만 살피고 사람을 신뢰하는 능력이 완전히 붕괴되어 있는 사람에게 요시코의 순진무구한 신뢰는 그야말로 아오바의 폭포처럼 상쾌하게 느껴졌던 것입니다. 그런데 그것이 하룻밤 사이에 누런 오수로 변해버리고 말았습니다. 보세요, 요시코는 그날 밤부터 나의 웃음소리에도 놀라게 되었습니다.

"어이." 하고 부르면 깜짝 놀라 눈을 어디 두어야 할지 몰랐습니다. 내가 아무리 웃기려고 광대 짓을 해도 안절부절못하고 겁을 먹었으며 무슨 말이든 높임말을 사용했습니다.

정말이지 순진무구한 신뢰심은 죄의 원천인가요?

나는 유부녀가 겁탈당하는 소설 이야기를 이것저것 찾아내 읽어보았습니다. 하지만 요시코처럼 비참하게 당한 여자는 한 명도 없다고 생각합니다. 원래 이 사건은 처음부터 소설에도 나오지 못할 그런 이야기였습니다. 그 땅딸보 상인과 요시코 사이에 조금이라도 연애 감정이 있었다면 내 기분도 오히려 좀 편했을지도 모르겠습니다만, 그저 어느 여름날 밤 요시코가 신뢰를 해서 벌어진 일이었습니다. 게다가 그 때문에 나는 미간 한가운데 상처를 입고, 목소리가 쉬고, 흰머리가 생기고, 요시코는 평생 벌벌 떨며 살 수밖에 없게 되었습니다.

대부분의 소설은 아내의 '행위'를 남편이 용서하는 것에 중점이 놓여 있는 것 같습니다만, 그것은 나에게 있어서는 그렇게 괴로운 문제가 아니었습니다. 용서하느냐 안 하느냐, 그와 같은 권리를 가지고 있는 남편이야말로 행복한 것 아닐까요? 도저히 용서할 수 없다면 그렇게 소란 떨 필요도 없이 곧장 아내와 이혼하고 새 아내를 맞으면 되는 것이고, 그렇지 않다면 '용서하고' 견디면 되지요. 그 어느 쪽이든 남편의 생각에 따라 모든 것이 수습될 거라는 생각마저 드는 것이었습니다. 즉, 그와 같은 사건이 분명히 남편에게 커다란 충격일지라도 그것은 어디까지나 '충격'일 뿐, 영원히 밀려갔다 밀려오는 파도와는 달리 권리를 가진 남편의 분노에 의해 어떻게든 처리할 수 있는 문제로 나에게는 생각되었습니다. 하지만 우리의 경우 남편에게는 아무런 권리도 없고, 생각하면 처음부터 끝까지 나 자신이 잘못한 것 같은 기분이 들어 화를 내기는커녕 잔소리 한 번 못 했으며, 또 아내는 그녀가 지닌 아름다운 자질 때문에 그런 짓을 당한 것이었습니다. 게다가 그 아름다운 자질이란 남편이 예전부터 동경해 왔던 순진무구의 신뢰심, 그 견딜 수 없이 가련한 것이었습니다.

순진무구한 신뢰심은 죄인가요?

유일하게 의지할 수 있었던 그 자질에조차 의혹을 가지게 된 나는 이제는 그 무엇도 신뢰할 수 없었고, 당도할 곳은 오직 술밖에 없었습니다. 얼굴 표정은 극도로 비열하게 변했고 아침부터 소주를 마셨으며, 이빨도 여기저기 빠지고, 만화도 거의 음란한 그림 같은 것만 그리게 되었습니다. 아니, 솔직히 말하겠습니다. 나는 그 무렵부터 춘화를 모사해서 내다 팔았습니다. 소주를 살 돈이 필요했기 때문입니다. 언제나 시선을 피하며 머뭇거리고 있는 요시코를 보면 '이 여자는 경계심이라는 걸 전혀 모르니까, 그 상인과 한 번만 그런 게 아니지 않을까? 또 호리키와는? 아니면 내가 모르는 사람과도?' 같은 식으로 의혹이 의혹을 낳았지만, 그렇다고 정면에서 힐문할 용기도 없어 예의 불안과 공포에 찬 괴로운 심정으로 소주를 마시고 취할 뿐이었습니다. 때로는 비굴한 유도신문 같은 것을 벌벌 떨면서 시도해 보고, 속에서는 어리석게 희비가 교차하지만 겉으로는 마구 광대 짓을 하고, 그러고는 요시코에게 지옥 같은 끔찍한 애무를 한 뒤 수렁과 같은 깊은 잠에 빠지는 것이었습니다.

　그해 섣달의 어느 밤, 만취해서 밤늦게 집에 돌아온 나는 설탕물이 마시고 싶었습니다. 요시코가 자고 있는 것 같아 나 혼자 부엌에 가서 설탕 통을 찾아 뚜껑을 열어보니, 설탕은 하나도 없고 그 대신 검고 기다란 종이 상자가 들어 있었습니다. 아무 생각 없이 꺼내 그 상자에 붙어 있는 상표를 보고는 깜짝 놀랐습니다. 상표는 손톱으로 반 이상 긁혀 떨어졌지만 영어로 된 부분은 남아 있었는데, 거기에 확실히 이렇게 적혀 있었습니다. DIAL.

　디알. 나는 그 무렵 오로지 소주만 마셨지 수면제는 먹고 있지 않았습니다. 하지만 불면증은 나의 지병 같은 것이었으니, 대부분의 수면제에는 낯이 익었습니다. 이 디알 한 상자면 틀림없이 치사량을 훨씬 넘을 것입니다. 아직 상자는 뜯겨 있지 않았습니다만 언젠가는 **시도할 생각으로** 이런 곳에, 게다가 상표도 떼고 숨겨놓은 게 틀림없었습니다. 불쌍하게도 그 아이는 상표의 영어를 읽을 줄 몰라 손톱으로 반쯤 긁어 떼고 이걸로 됐다고 생각했겠지요.

'너에게는 죄가 없어.'

나는 소리 나지 않게 살며시 컵에 물을 붓고, 천천히 상자를 열어 안에 있는 약을 전부 단숨에 들이켠 다음 물을 천천히 다 마시고 전등을 끈 채 그대로 잤습니다.

사흘 밤낮을 죽은 듯 잠만 잤다고 합니다. 의사가 실수로 간주하고 경찰에 알리는 것은 유예해 주었다고 합니다. 정신이 들고 제일 처음 나온 말은 "집에 가고 싶다"라는 말이었다고 합니다. 집이 어디를 말하는지 당사자인 나도 잘 모르겠습니다만, 어쨌든 그렇게 말하고 펑펑 울었다고 합니다.

점차 정신이 맑아지고, 눈을 떠보니 머리맡에 넙치가 매우 불쾌한 표정으로 앉아 있었습니다.

"그때도 섣달이라 눈이 핑핑 돌 정도로 바빴는데, 항상 섣달을 골라 이런 짓을 하니 내가 죽을 지경입니다."

넙치의 말을 듣고 있던 사람은 교바시 바의 마담이었습니다.

"마담."

나는 불렀습니다.

"응, 왜? 정신이 들어?"

마담은 바로 머리맡에서 웃으며 말했습니다. 나는 하염없이 눈물을 흘리면서 이렇게 말했습니다.

"요시코와 헤어지게 해줘."

나조차도 예상치 못한 말을 해버렸습니다. 마담은 몸을 바로 세우더니 가냘픈 한숨을 내쉬었습니다. 그리고 나는, 이것 역시 실로 우스갯소리인지 바보 같은 말인지 알 수 없는, 형용하기 어려운 실언을 했습니다.

"나는 여자가 없는 곳으로 갈 거야."

"와하하하."

우선 넙치가 큰 소리를 내며 웃었고 마담도 킥킥거리기 시작하자, 어쩔 수 없이 나도 눈물을 흘리면서 얼굴이 벌게진 채 쓴 웃음을 지었습니다.

"응, 그러는 게 좋겠지."

넙치는 끊임없이 웃다가 말했습니다.

"여자가 없는 곳으로 가는 게 좋아. 여자가 있으면 도저히 안 돼. 여자가 없는 곳이라, 좋은 생각이군."

여자가 없는 곳. 하지만 나의 이 바보 같은 헛소리는 나중에 몹시 암울한 형태로 실현됐습니다.

요시코는 내가 자기를 대신해서 독을 마셨다고 생각했는지 나를 대할 때 예전보다 더 부들부들 떨거나 내가 무슨 말을 해도 웃지 않았으며 입을 거의 열려고도 하지 않아, 나도 집에 있는 것이 편치 않기에 그만 밖으로 나가 변함없이 싸구려 술을 마셔댔습니다. 하지만 그 디알 사건 이후로 나의 몸은 확연히 쇠약해지고 손발이 나른해 만화 일도 소홀히 하게 되었습니다. 넙치가 위로금으로 주고 간 돈(넙치는 그 돈을 자기 성의라고 말하면서 흡사 자기 호주머니에서 나온 것처럼 내밀었지만, 그것도 고향의 형들에게서 받은 돈이었던 것 같습니다. 그 무렵에는 넙치의 집에서 도망 나올 때와는 달리 넙치의 그런 연극을 어슴푸레하나마 간파할 수 있었으므로, 나도 교활하게 전혀 모르는 척 넙치에게 공손히 고마움을 전했습니다. 하지만 넙치가 왜 그렇게까지 복잡하게 사람을 속이는지 알 것 같기도 하고 모를 것 같기도 하고, 하여간 이상한 기분에 휩싸여 있었습니다), 그 돈으로 큰맘 먹고 혼자서 미나미 이즈의 온천에도 가봤습니다만 도저히 그런 여유로운 온천 여행을 즐길 만한 체질도 아닌 데다 요시코를 생각하면 하염없이 씁쓸해졌고, 여관 방에서 산을 바라볼 침착한 심경도 아니어서 옷도 갈아입지 않고 온천에도 들어가지 않고 그저 밖으로 뛰쳐 나가 누추한 휴게소 같은 곳에 들어가서는 소주를 그야말로 퍼마시듯 마시고, 몸 상태가 한층 더 나빠진 채 귀경했을 뿐입니다.

도쿄에 큰 눈이 내린 날 밤이었습니다. 술에 취해서 긴자 뒷골목을 걸으며 "여기는 고향에서 몇백 리, 여기는 고향에서 몇백 리"[1]라며 작은 목소리로 반복해서 중얼거리듯 노래를 부르고, 하염없이 계속 쌓이기만 하는 눈을 발길로 걸어차다가 갑자기 토했습니다. 그것은 내 최초의 각혈이었습니다. 눈 위에 커다란 일장기가 그려졌습니다. 나는 한동안 웅크려 앉아 있었고, 두 손으로 피가 묻지 않은 눈을 쓸어 담아 얼굴을 씻으면서 울었습니다.

여긴 어디에 있는 뒷골목이지?

여긴 어디에 있는 뒷골목이지?

---

1 군가 〈전우戰友〉의 첫 구절. "여기는 조국에서부터 몇 백리ここは御國の何百里."

여자애의 슬픈 노랫소리가 환청처럼 멀리서 희미하게 들려왔습니다.

불행. 이 세상에는 여러 종류의 불행한 사람들이, 아니, 모두가 불행한 사람들이라 해도 과언이 아니겠습니다만, 그러나 그 사람들의 불행은 세상을 향해 당당하게 항의할 수 있고 또 '세상'도 그 사람들의 항의를 쉽게 이해하고 동정해 줍니다. 하지만 나의 불행은 전부 나의 죄악에서 비롯된 것이기에 누구에게도 항의할 수 없고, 또 우물거리면서 한 마디라도 항의 비슷한 말을 할라치면 넙치가 아니더라도 세상 사람들 모두 "네 주제에 잘도 그런 말이 나온다"라며 어이없어할 것이 뻔하니, 나는 정말로 세상 사람들의 말대로 '제멋대로'인가? 아니면 그 반대로 마음이 너무 약한 것일까? 나도 잘 모르겠지만, 어쨌든 죄악의 화신 같은 존재로서 끝없이 불행의 나락으로 빠질 뿐이었습니다.

나는 일어서서 우선 뭔가 적당한 약이라도 사 먹어야겠다는 생각으로 근처의 약국에 들어갔습니다. 그런데 그 약국 부인과 눈을 마주치는 순간, 부인이 플래시 세례라도 받은 듯이 고개를 번쩍 들고 눈이 휘둥그레져서는 꼿꼿이 굳어지는 것이었습니다. 하지만 그 눈빛에는 경악의 빛도 혐오의 빛도 없었으며, 거의 구원을 구하는 듯한, 또 뭔가를 그리워하는 듯한 기색이 짙게 어려 있었습니다. '아아, 이 사람도 틀림없이 불행한 사람이구나. 불행한 사람은 남의 불행에도 민감하니까.' 하고 생각했을 때 문득 그 부인이 지팡이를 짚고 불안하게 서 있는 것을 보게 되었습니다. 다가가 부축해 주고 싶은 충동을 겨우 억제하고 계속 그 부인과 얼굴을 마주하고 있는 사이 눈물이 나왔습니다. 그러자 부인의 커다란 눈에서도 눈물이 뚝뚝 흘렀습니다.

그러나 그것뿐, 나는 한 마디 말도 하지 못하고 그 약국에서
나와 비틀거리며 아파트로 돌아왔습니다. 그리고 요시코에게 소
금물을 만들어달라고 해서 그걸 마시고 조용히 잤습니다. 다음
날도 감기 기운이 있다고 거짓말을 하고 하루 종일 누워 있었습
니다. 하지만 저녁이 되자 나의 비밀스러운 각혈이 아무래도 불
안해서, 자리에서 일어나 그 약국으로 갔습니다. 이번에는 웃으
면서 정말 솔직하게 지금까지의 몸 상태를 부인에게 털어놓고
의논했습니다.

"술을 끊지 않으시면 안 돼요."

우리는 마치 육친 같았습니다.

"알코올중독인 것 같습니다. 지금도 마시고 싶어요."

"안 돼요. 우리 남편도 결핵인 주제에 술로 균을 죽여야 한다
며 늘 술에 푹 절어 살다가 스스로 수명을 줄였거든요."

"불안해서 견딜 수가 없습니다. 무서워서 도무지 어쩔 수
가……."

"약을 드릴게요. 술은 꼭 끊도록 하세요."

부인(미망인인 그 부인에겐 아들이 한 명 있었는데, 치바인지 어
딘가의 의대에 들어갔지만 얼마 안 돼 아버지와 같은 병에 걸려 휴학
하고 입원 중이었으며, 집에는 중풍에 걸린 시아버지가 누워 있었고
부인 자신은 다섯 살 때 걸린 소아마비 때문에 한쪽 다리를 못 쓰게
되었다고 했습니다)은 지팡이를 짚으면서 나를 위해 이쪽 선반,
저쪽 서랍에서 여러가지 약품을 찾아주었습니다.

이건 조혈제.

이건 비타민 주사액. 주사기는 이것.

이건 칼슘 정제. 위장을 보호하기 위해 디아스타제.

이건 무엇, 이건 무엇 하면서 대여섯 종류의 약품을 애정을 담아 설명해 주었지만, 이 불행한 부인의 애정 또한 나에게는 너무 깊었습니다. 마지막으로 부인이, 이건 도저히 술을 참을 수 없을 때를 위한 비상약이라며 재빨리 종이로 포장한 작은 상자를 주었습니다.

모르핀 주사액이었습니다.

술보다는 해가 없을 것이라는 부인의 말을 전적으로 믿었고, 또 술에 취한다는 것도 불결하게 느껴지기 시작했을 뿐 아니라 오랜만에 알코올이라는 사탄에게서 벗어날 수 있다는 기쁨도 있었기에, 나는 아무런 주저 없이 나의 팔뚝에 모르핀을 주사했습니다. 불안도, 초조도, 수줍음도 말끔히 사라지면서 나는 엄청 명랑한 능변가가 되었습니다. 그리고 그 주사를 맞으면 몸이 쇠약한 것도 잊고 만화 그리는 일에 열중할 수 있었고, 그리면서 나까지 웃음을 터뜨릴 정도로 맛깔나는 작품이 그려지는 것이었습니다.

하루 한 대가 두 대가 되고 또 네 대가 될 무렵, 나는 이제 주사가 없으면 일을 할 수 없을 정도가 되어버렸습니다.

"그럼 안 돼요. 중독이 되면 정말 큰일 나요."

약국 부인이 그렇게 말하자 내가 벌써 심각한 중독자가 되어버렸다는 느낌이 들어(나는 암시에 정말 쉽게 걸리는 체질인 모양입니다. 누군가 "이 돈은 쓰면 안 돼"라고 말하면서 "하긴 네 돈이니까"라고 덧붙이면 왠지 쓰지 않으면 안 될 것 같은, 또 기대에 부응하지 못하는 것 같은 이상한 착각에 빠져 반드시 바로 그 돈을 써버리는 것이었습니다), 중독에 대한 불안 때문에 오히려 그 약을 더 찾게 되는 것이었습니다.

"부탁해! 한 상자만 더. 계산은 월말에 할 테니까."

"계산 따위는 언제 하든 상관없지만, 경찰이 성가셔서 그래요."

내 주위에는 언제나 어떤 혼탁하고 어둡고 수상한 범죄자의 기색이 떠나지를 않습니다.

"그럼 장부 조작을 하든지, 어떻게든 제발 부탁해요, 부인. 키스해 줄게요."

부인은 얼굴을 붉혔습니다.

나는 더욱더 끈질기게 매달렸습니다.

"약이 없으면 일을 전혀 할 수 없어요. 나에게 그 약은 강장제나 마찬가지예요."

"그럼, 오히려 호르몬 주사가 좋을 거예요."

"바보 같은 소리 말아요. 술 아니면 그 약, 둘 중 하나가 없으면 일이 안 됩니다."

"술은 안 돼요."

"그것 봐요. 난 말이죠, 그 약을 쓰고부터는 술이라고는 단 한 방울도 안 마셨다니까요. 덕분에 몸 상태도 아주 좋아요. 나도 언제까지고 그따위 서투른 만화나 그리고 있기는 싫단 말입니다. 이제부터 술을 끊고 건강도 회복하고 공부도 더 해서 반드시 훌륭한 화가가 될 겁니다. 지금이 중요한 시기죠. 그러니까, 예? 부탁해요. 키스해 드릴까요?"

부인이 웃었습니다.

"참, 곤란한 사람이시네. 중독되어도 난 몰라요!"

지팡이 소리를 내면서 그 약을 선반에서 꺼냈습니다.

"한 상자 다 드릴 수는 없어요. 금방 다 써버리니까. 반만."

"깍쟁이네. 뭐, 할 수 없지."

집에 돌아와 바로 한 대 맞았습니다.

"아프지 않아요?"

요시코가 주뼛주뼛 물었습니다.

"아프지, 물론. 하지만 일의 능률을 올리기 위해서는 싫어도 이걸 맞아야 해. 나 요즘 엄청 건강하지? 자, 일하자, 일."

이렇게 까불어댔습니다. 한밤중에 약국 문을 두드린 적도 있었습니다. 잠옷 차림으로 지팡이를 짚고 나온 부인에게 갑자기 달려들어 키스하고 우는 시늉을 했습니다.

부인은 묵묵히 나에게 한 상자를 건네주었습니다.

약도 소주와 마찬가지로, 아니, 그 이상으로 불길하고 불결한 것이라는 사실을 내가 절실하게 느꼈을 때에는 이미 완전한 중독자가 되어 있었습니다. 정말 뻔뻔함의 극치였습니다. 나는 그 약을 구하기 위해서 또 춘화를 모사하기 시작했고, 불구인 그 약국 부인과 문자 그대로 추한 관계까지 맺었습니다.

죽고 싶다.

아예 죽어버리고 싶다. 이제 되돌릴 수가 없다. 어떤 일을 해도, 무엇을 해도 헛일이다. 창피만 더 당할 뿐이다. 자전거를 타고 아오바의 폭포에 가겠다니, 나한테는 가당치도 않은 일이다. 상스러운 죄에 비열한 죄가 더해져 고뇌가 더욱 커지고 강렬해질 뿐이다. 죽고 싶다, 죽지 않으면 안 된다. 살아 있는 것 자체가 죄다. 이렇게 절박하게 생각하면서도 역시 아파트와 약국 사이를 반미치광이 상태로 왕복하고 있었을 뿐입니다.

아무리 일을 해도 약의 사용량이 덩달아 늘어났기에 약값 외상이 무서울 정도로 불어났습니다. 부인은 나만 보면 눈물을 흘렸고, 나도 눈물을 흘렸습니다.

지옥.

이 지옥에서 벗어날 최후의 수단. 이게 실패하면 목을 매고 죽을 수밖에 없다는, 신의 존재를 걸 정도의 결의로 나는 고향의 아버지에게 장문의 편지를 써 내 실상을 모두 다(여자 관계는 도저히 적을 수 없었습니다) 고백했습니다. 그러나 결과는 더 나빠져 아무리 기다려도 소식이 오지 않았습니다. 결국 불안과 초조로 인해 오히려 약의 사용량이 늘었습니다.

오늘 한꺼번에 열 대를 맞고 강에 뛰어들자고 마음속으로 각오했던 그날 오후, 넙치가 악마의 직감으로 냄새를 맡았는지 호리키를 데리고 나타났습니다.

"너, 각혈했다면서?"

호리키가 내 앞에 앉자마자 그렇게 말하더니 지금까지 보여준 적 없던 상냥한 미소를 지었습니다. 그 상냥한 미소가 고마워서, 그리고 기뻐서 나는 그만 고개를 떨어뜨리고 눈물을 흘렸습니다. 그의 그 상냥한 미소 한 번에 나는 완전히 격파당하고 매장당했습니다.

나는 자동차에 태워졌습니다. "어쨌든 입원해야만 합니다. 나머지는 우리에게 맡기세요"라며 넙치도 차분한 어투로('자비에 찬 말'이라고 표현하고 싶을 정도로 조용한 어조였습니다) 권했으므로, 나는 의지도 판단도 하여간 아무것도 없는 사람처럼 다만 훌쩍훌쩍 울면서 고분고분 두 사람의 말에 따랐습니다. 요시코까지 모두 네 명, 우리는 상당히 긴 시간을 자동차 안에서 흔들리다가 주위가 어둑어둑해질 무렵 깊은 산속에 있는 큰 병원의 현관에 도착했습니다.

요양원이라고만 생각했습니다.

젊은 의사가 나를 매우 부드럽고 정중하게 진찰한 뒤 수줍은 듯 미소를 지으며 이렇게 말했습니다.

"우선 여기서 한동안 요양하셔야겠어요."

넙치와 호리키, 요시코는 나 혼자만 남기고 돌아가게 되었습니다만, 요시코는 갈아입을 옷을 넣은 보따리를 나에게 넘기고는 묵묵히 허리띠 속에서 주사기와 쓰다 남은 그 약을 내밀었습니다. 여전히 강장제라고만 생각하고 있었던 것이겠지요.

"아니, 이제 필요 없어."

정말 신기한 일이었습니다. 누가 무언가를 권했을 때 그것을 거부한 적은 지금껏 내가 살아오면서 그때가 유일하다고 해도 괴언이 아닙니다. 나의 불행은 거부할 능력이 없었기에 비롯된 불행이었습니다. 권하는데 거부하면 상대방의 마음에도 나의 마음에도 영원히 회복할 수 없는 미세한 앙금이 쌓일 것 같다는 공포심에 떨어왔던 것입니다. 하지만 나는 그때 반미치광이처럼 구해 다니던 모르핀을 실로 자연스럽게 거부했습니다. 요시코의 '신과 같은 순진무구'에 감동을 받아서일까요? 아니면 그 순간 이미 내가 중독에서 벗어난 것은 아니었을까요?

하지만 나는 이후 수줍은 듯 미소를 짓던 그 젊은 의사의 안내를 받아 어떤 병동에 들어가게 되었고, 철커덕하고 자물쇠가 채워졌습니다. 정신 병동이었습니다.

여자가 없는 곳으로 가고 싶다는, 디알을 먹고 죽다 살아난 뒤 내뱉었던 헛소리가 정말이지 기묘하게 실현되었던 것입니다. 그 병동에는 남자 환자뿐인 데다 간호원도 남자였고, 여자는 한 명도 없었습니다.

그때부터 나는 죄인이 아닌 광인이 되어버렸습니다. 아니, 결코 나는 미치지 않았습니다. 한순간이라도 미친 적은 없었습니다. 하지만, 아아, 대부분의 광인이 자기는 미치지 않았다고 말한다지요. 즉 이 병원에 들어온 자는 미치광이, 들어오지 않은 사람은 정상이 되는 것입니다.

신에게 묻습니다. 무저항은 죄입니까?

호리키의 그 설명할 수 없는 아름다운 미소에 나는 울었고, 판단도 저항도 잊고 자동차에 태워져 여기로 끌려와 광인이 되어 버렸습니다. 앞으로 여기에서 나가도 나는 역시 광인, 아니, 폐인이라는 각인이 이마에 찍힌 채겠지요.

인간 실격.

이제 나는 더 이상 인간이 아니었습니다.

여기에 온 것은 초여름 무렵으로, 철창살 사이 창문 너머로 병원 정원의 작은 연못에 핀 붉은 수련 꽃이 보였습니다. 그로부터 석 달이 지나 정원에 코스모스가 피기 시작할 무렵 생각지도 않게 고향의 큰형이 넙치와 함께 나를 퇴원시키러 와서는 아버지가 지난달 말에 위궤양으로 돌아가셨다고 말했습니다. 그리고 자기들은 이제 나의 과거를 묻지 않겠다고, 생활하는 데 걱정 없게 해주는 대신 여러가지로 미련이 남겠지만 바로 도쿄에서 떠나 시골에서 요양 생활을 해달라고, 내가 도쿄에서 저질렀던 일의 뒤처리는 전부 시부타가 할 테니까 그건 걱정하지 않아도 된다고, 예의 그 딱딱하고 긴장한 듯한 어투로 말했습니다.

고향의 산하가 눈앞에 보이는 듯한 느낌이 들어 나는 조용히 고개를 끄덕였습니다.

그야말로 폐인.

아버지가 돌아가셨다는 사실을 알고 난 뒤 나는 더욱더 얼간이가 되어버렸습니다. '아버지가 이제는 이 세상에 없다. 나의 마음속에서 한시도 잊히지 않았던 그 그립고도 무서운 존재가 이제는 없다.' 내 고뇌의 항아리가 텅 빈 것 같았습니다. 내 고뇌의 항아리가 이상하리만큼 무거웠던 것도 모두가 아버지의 탓이었던 것은 아닐까 하는 생각이 들었습니다. 기운이 완전히 사라졌습니다. 고뇌할 능력조차 잃었습니다.

큰형은 나에게 한 약속을 정확하게 실행해 주었습니다. 내가 태어나 자랐던 고향에서 기차로 네다섯 시간 남쪽으로 내려온 곳에, 도호쿠 지방에는 보기 드물게 따뜻한 해변가 온천지가 있습니다. 그 마을의 변두리, 방은 다섯 개나 되지만 상당히 오래되어 벽은 떨어지고 기둥은 벌레가 먹어 거의 수리가 불가능할 정도의 폐가를 사서 나에게 주고, 머리칼이 붉디붉은 예순 살쯤의 못생긴 식모를 한 명 붙여주었습니다.

그리고 3년하고도 조금 더 지나는 동안, 그 데쓰라는 이름의 늙은 식모에게 몇 번 이상한 짓을 당했고, 때때로 부부 싸움 같은 것까지 했습니다. 가슴의 병은 일진일퇴를 거듭해 여위기도 하고 살이 찌기도 하고, 혈담이 나오는 일도 있었습니다. 어제 데쓰에게 카르모틴을 사오라고 마을 약국으로 심부름을 보냈더니, 여느 때와는 다른 모양의 상자에 든 카르모틴을 사왔습니다. 나는 별로 신경 쓰지 않고 자기 전에 열 정을 먹었습니다. 그런데도 전혀 잠이 오지 않아 이상하다고 생각하고 있었는데, 속이 부글부글 끓기 시작해 급히 화장실에 갔더니 심하게 설사를 했습니다. 게다가 그 후로 세 번 더 화장실에 가야 했습니다. 뭔가 이상하다고 생각해 약 상자를 자세히 보니, 헤노모틴이라는 설사약이었습니다.

나는 똑바로 누워 배 위에 뜨거운 물 주머니를 올리고 데쓰를 야단쳐야겠다고 마음먹었습니다.

"이건 말이야, 카르모틴이 아냐. 헤노모틴이라는……."

나는 말을 하다 말고 하하하 웃어버렸습니다. '폐인'은 아무래도 희극 명사인 모양입니다. 잠을 자기 위해 설사약을 먹고, 게다가 그 약 이름이 헤노모틴이라니.

지금의 나에게는 불행도 행복도 없습니다. 모든 것은 다만 지나가 버렸습니다.

내가 지금까지 아비규환의 심정으로 살아왔던 '인간'의 세계에서 단 하나 진리처럼 느껴지는 것은 그것뿐이었습니다.

모든 것은 다만 지나가 버립니다.

나는 올해 스물일곱 살이 됩니다. 흰머리가 눈에 띄게 많아져서 거의 모두가 마흔 살 이상으로 봅니다.

## 맺음말

이 수기를 적은 광인을 내가 직접 만난 적은 없다. 하지만 이 수기에 나오는 교바시 스탠드바의 마담이라는 인물은 조금 알고 있었다. 몸집이 작고 안색이 그리 좋지 않은, 가느다란 눈은 위로 치켜 올라가 있고 코가 오똑한, 미인이라기보다는 미남이라고 하는 편이 어울릴 정도로 딱딱한 인상의 여자였다. 이 수기에는 아마 1930년, 1931년 무렵의 도쿄 풍경이 주로 그려져 있는 것 같은데, 내가 친구에 이끌려 그 스탠드바에 두세 번 가서 하이볼을 마신 것은 일본의 '군부'가 서서히 노골적으로 설치기 시작한 1935년 전후의 일이었으니 이 수기를 적은 남자와는 얼굴을 마주친 적이 없었을 것이다.

그런데 올해 2월 나는 치바현 후나바시에 피난 가 있던 어떤 친구를 방문하게 되었다. 그 친구는 나의 대학 시절 학우로 지금은 모 여자 대학에서 강사 일을 하고 있었는데, 사실 나는 그 친구에게 내 친척의 혼담을 부탁해 두었기에 겸사겸사 신선한 해산물이라도 사와서 식구들을 먹여야겠다는 생각으로 배낭을 메고 후나바시까지 간 것이었다.

후나바시는 바다와 가까운 꽤 큰 도시였다. 그런데 친구네 집은 그 도시에 이사 온 지 얼마 안 되어서, 동네 사람들에게 주소를 물어도 여간해서는 아는 사람이 없었다. 춥기도 하고 배낭을

멘 어깨도 아프기에 밖으로 새어나오는 레코드 소리에 이끌려 어떤 다방의 문을 열었다.

그곳 마담을 어디서 본 것 같다는 생각이 들어 물어보았더니 바로 10년 전 그 교바시의 작은 스탠드바 마담이었다. 마담도 금 방 내가 떠오른 듯 서로 수선을 떨며 웃었고, 이럴 때 꼭 나오기 마련인 예의 공습으로 집이 다 타버린 경험 같은 것을 누가 묻 지도 않았지만 자랑인 듯 주고받았다.

"근데 마담은 하나도 안 변했네요."

"아뇨, 이제 할머니죠. 몸이 말을 안 들어요. 선생님이야말로 아직 젊어 보이는데."

"어휴, 아닙니다. 애가 벌써 세 명이나 있는걸요. 오늘은 그 녀 석들 위해서 장 보러 온 거죠."

오랜만에 만난 사람들이 나누는 흔한 인사말을 주고받고, 함 께 알고 있는 지인의 소식을 서로 묻다가 문득 마담이 어투를 바꿔 이렇게 물었다. "근데 요조를 알고 있어요?" 내가 모른다고 대답하자 마담은 안으로 들어가 공책 세 권과 사진 세 장을 가 지고 와 나에게 넘겨주며 말했다.

"아마 소설의 재료가 될는지 모르겠네요."

나는 남이 넘겨준 자료로 소설을 적는 성향이 아니라서 바로 그 자리에서 돌려주려다가 그 사진에 맘이 이끌려(세 장의 사진, 그 기묘함에 관해서는 머리말에 적어두었다) 어쨌든 공책을 맡기 로 하고, "돌아가는 길에 들르겠습니다만 이런이런 주소에 살고 여대 선생 일을 하는 사람 혹시 모르세요?"라고 묻자 마담 역시 이 도시에 온 지 얼마 안 된 사람이라 그런지 잘 알고 있었다. 가 끔 이 다방에도 들린다고 했다. 바로 근처였다.

그날 밤 친구와 소박하게 술잔을 나누고 그 집에서 자고 가기로 했는데, 나는 아침까지 한숨도 못 자고 그 노트에 푹 빠져버렸다. 그 수기에 적혀 있는 내용은 옛날 이야기였지만 현대인이 읽어도 무척 흥미를 가질 것이 틀림없었다. 섣불리 내가 글을 적는 것보다 원문 그대로 잡지사에 부탁해 발표하는 편이 한층 의미 있는 일이라 여겨졌다.

아이들에게 갖다줄 해산물은 건어물뿐. 나는 배낭을 짊어지고 친구 집을 나와 그 다방에 들렀다.

"어제는 여러 가지로 고마웠습니다. 그런데…… 이 노트는 당분간 빌려주실 수 있을까요?"

"에, 그러세요."

"이 사람은 아직 살아 있나요?"

"글쎄, 그게 저도 잘 모르겠어요. 10년 정도 되었나, 교바시의 가게로 그 노트와 사진을 넣은 소포가 왔었는데, 보낸 사람은 요조가 틀림없겠지만 그 소포에는 요조의 주소도 이름도 적혀 있지 않았어요. 공습 때 다른 것들 틈에 섞여 그것도 용케 살아남은 것 같아요. 나도 얼마 전에 전부 읽어보고……."

"우셨어요?"

"아뇨, 울었다기보다…… 끝났어요. 인간이 그렇게 되어버리면, 이제 끝이죠."

"그 후로 10년, 그렇다면 이미 죽었을지도 모르겠군요. 공책과 사진은 당신한테 고마움의 표시로 보냈겠죠. 다소 과장해서 적혀 있는 부분도 있지만 마담도 상당한 피해를 입었던 것 같더군요. 만약 이게 전부 사실이라면, 그리고 내가 이 사람의 친구였다면 나 역시 정신병원에 보내고 싶은 생각이 들었을지도 모르겠어요."

"그 사람의 아버지가 나쁜 거예요."

아무렇지도 않게 그렇게 말했다.

"내가 알고 있었던 요조는 정말 순진하고, 배려심 있고, 정말이지 술만 마시지 않았다면, 아니, 마셨어도……. 하느님같이 좋은 사람이었어요."

비용의

아내

# 1

현관문을 여는 시끄러운 소리에 잠을 깼지만, 만취해서 귀가하는 남편이 틀림없었기에 자리에 그대로 누워 있었습니다.

남편은 옆 방의 불을 켜더니 엄청나게 거친 숨소리를 후욱후욱 내쉬면서 책상 서랍이며 책꽂이의 서랍을 열고 뒤적거리며 뭔가를 찾고 있는 것 같았습니다만, 이윽고 쿵 하고 바닥에 앉는 소리가 들렸습니다. 여전히 거친 호흡 소리만 들릴 뿐이어서 뭘 하고 있는지 궁금해진 저는 누운 채로 이렇게 물었습니다.

"오셨어요? 식사는 하셨어요? 찬장에 주먹밥 있는데."

"어, 고마워."

평소와는 달리 아주 부드럽게 대답하더니, "애는 어때? 열은 아직 있어?"라고 물어왔습니다.

이 또한 드문 일이었습니다. 아이는 내년에 네 살이 됩니다만 영양 부족 탓인지 남편의 주독 탓인지 아니면 병독 탓인지, 다른 집의 두 살짜리 아이보다 몸집이 작았으며 걸음걸이도 불안했습니다. 말도 "엄마"나 "싫어"만 겨우 할 정도여서 혹시 뇌가 잘못된 것은 아닌가 걱정도 되었습니다. 어느 날, 아이를 목욕탕에 데려가 벗겨놓으니 너무 작고 측은할 정도로 마른지라 서글퍼져서는 그 많은 사람들 앞에서 울음을 터뜨린 적도 있었습니다. 그리고 아이는 늘 배탈이 난다거나 열이 난다거나 하는데 남편은 거의 집에 붙어 있는 법이 없었습니다. 아이를 어떻게 생각하고 있는 건지, "아이가 열이 있어요"라고 제가 말해도 "아, 그래. 병원에 데려가도록 해"라고만 말하고 외투를 걸쳐 입고는 부리

나케 집을 나가 버립니다. 병원에 데려가고 싶어도 돈이라고는 땡전 한 푼도 없었으므로 저는 아이 옆에 누워서 조용히 머리를 쓰다듬어 주는 수밖에 없었습니다.

그런데 그날 밤은 어찌 된 일인지 몹시 부드러운 말투로 아이의 열은 어떠냐는 둥 묻는 것이었습니다. 저는 기쁘기보다는 왠지 두려운 예감에 등골이 오싹해졌습니다. 뭐라 마땅히 대답할 말도 없기에 가만히 있었더니 한동안 그저 남편의 격렬한 숨소리만 들려왔습니다. 그런데 여자의 가느다란 목소리가 현관 쪽에서 전해졌습니다.

"실례합니다."

저는 온몸에 찬물을 끼얹은 듯 깜짝 놀랐습니다.

"실례합니다, 오타니 씨!"

이번에는 좀 신경질적인 말투였습니다. 동시에 현관문을 여는 소리가 났습니다.

"오타니 씨, 계시잖아요!"

그러고는 분명 화난 어투로 말하는 것이었습니다. 남편은 그제야 현관에 나간 모양이었습니다.

"뭐예요?"

남편은 엄청 겁에 질린 듯한 목소리로 대답했습니다.

"뭐냐니, 그런 말을 하시면 안 되죠."

여자는 목소리를 낮췄습니다.

"이런 좋은 집에 살면서 도둑질을 하다니 말도 안 돼요! 엉뚱한 장난질은 그만하고 돌려줘요. 아니면 경찰에 고발하겠어요."

"무슨 말 하는 거야? 무례하게. 여기는 당신들이 올 데가 아냐. 돌아가! 돌아가지 않으면 내가 당신들을 신고할 거야."

그때 어떤 사내의 목소리가 들렸습니다.

"선생, 배짱 한번 좋군. 당신들이 올 곳이 아니라고? 기가 막혀 말이 안 나오네. 다른 것도 아니고 남의 집 돈을 말이야. 이봐, 당신, 장난에도 정도가 있지. 지금까지 우리 부부가 당신 때문에 얼마나 고생했는지 당신도 잘 알잖아. 그런데도 오늘같이 말도 안 되는 짓을 하다니. 선생, 사람 잘못 봤어."

"공갈을 치는군."

남편은 허세를 부리며 크게 소리쳤지만, 목소리는 떨리고 있었습니다.

"공갈 그만 치고 돌아가! 할 말이 있다면 내일 들을 테니."

"큰소리치기는. 선생, 이제 보니 완전히 악당이구만. 그럼 이제는 경찰에 호소할 수밖에 없겠네."

그 말에는 온몸에 소름이 돋을 정도로 굉장한 증오가 실려 있었습니다.

"맘대로 해!"

이렇게 외치는 남편의 목소리는 이미 들떠 있었고, 공허한 느낌마저 주었습니다.

저는 일어나 잠옷 위에 겉옷을 걸치고 현관으로 나가 인사했습니다.

"오셨어요?"

"아, 부인이십니까?"

길이가 짧은 외투를 걸친, 쉰 살은 넘어 보이는 얼굴 둥근 사내가 화난 얼굴을 조금도 누그러뜨리지 않은 채 저를 향해 고개를 살짝 숙여 인사를 했습니다.

여자는 마흔 전후의 마르고 키가 작은 사람이었으며, 옷을 단

정히 입고 있었습니다.

"밤늦게 이런 식으로 찾아와서 죄송합니다."

그 여자도 화가 난 표정으로 숄을 벗으며 나에게 인사했습니다.

그 순간, 남편이 게다를 끌고 밖으로 뛰어 나가려고 했습니다.

"어라, 그럴 수야 없지."

사내는 남편의 팔뚝을 잡았고, 두 사람은 한동안 씨름을 했습니다.

"놔! 찔러버린다!"

남편의 오른손에 잭나이프가 빛나고 있었습니다. 그 나이프는 남편의 애장품이었습니다. 틀림없이 그것은 남편의 책상 서랍 안에 있었는데, 그렇다면 조금 전 남편이 집에 들어오자마자 서랍 안을 뒤졌던 건 이미 이런 일이 일어나리라 예상하고는 나이프를 찾아 품에 숨기려 했기 때문이었습니다. 사내가 한 발 뒤로 물러났습니다. 그 틈을 타 남편은 옷자락을 뿌리치고 밖으로 뛰쳐나갔습니다.

"도둑이야!"

사내는 큰 소리를 내며 뛰어 나가려고 했습니다만, 저는 맨발로 뛰어 내려가 사내를 붙들고 이렇게 말했습니다.

"제발 그만하세요. 어느 누구도 다쳐서는 안 돼요. 뒤처리는 제가 할게요."

그러자 옆에 있던 여자도 말했습니다.

"그래요, 여보. 미쳐서 칼까지 들고 있잖아요. 무슨 짓을 할지 몰라요."

"빌어먹을! 경찰에 신고할 거야. 더 이상 못 참아!"

멍하니 어둠 속을 쳐다보면서 혼잣말로 중얼거렸지만, 사내의 몸에서는 이미 힘이 빠져 있었습니다.

"죄송해요. 올라오셔서 사정을 한번 말씀해 보세요."

저는 마루에 올라가 무릎을 꿇었습니다.

"제가 수습을 할 수 있을지도 모르니까, 제발 올라오세요. 누추한 곳이지만."

두 사람이 서로 얼굴을 쳐다보고는 고개를 끄덕이더니 사내가 정색을 했습니다.

"뭐라고 하셔도 우리 마음은 이미 정해져 있습니다. 하지만 지금까지의 경위는 부인에게 말씀드리지요."

"네, 제발 올라오셔서 느긋하게 계세요."

"아뇨, 그렇게 느긋하게 있을 수도 없어요."

사내가 입고 있던 외투를 벗으려고 했습니다.

"아뇨, 입고 계세요, 추우실 테니까. 정말로 입고 계세요. 집 안에 불기라고는 하나도 없어서……."

"그럼 이대로 실례하겠습니다."

"네. 부인도 입은 채로 올라오시죠."

사내가 먼저, 이어서 여자가 남편이 쓰는 방으로 들어왔습니다. 내려 앉을 듯한 바닥, 마구 찢어져 있는 창호지, 떨어져 내린 벽, 벽지가 찢어져 문살이 다 드러난 문, 한쪽 구석에 있는 책상과 책장, 그것도 텅 비어 있는 책장, 그런 황량한 방의 풍경을 보고는 두 사람 다 놀란 표정이었습니다.

저는 찢어져서 안의 솜이 튀어나온 방석을 두 사람에게 권했습니다.

"바닥이 더러우니 꼴이 사납지만 이걸 깔고 앉으시는 게……."

그러고는 재차 두 사람에게 인사했습니다.

"처음 뵙겠습니다. 남편이 엄청 폐를 끼친 모양인데, 또 오늘 밤에는 대체 무슨 일을 했기에 그런 끔찍한 행동을 다 하는지, 어떻게 사과의 말씀을 드려야 할지 모르겠습니다. 하여간 유별난 사람이라서……."

말을 다 하지 못하고 목이 메어 눈물을 흘렸습니다.

"부인, 정말 죄송합니다만 나이가 어떻게 되시지요?"

사내는 찢어진 방석에도 개의치 않고 양반다리를 틀고 앉아, 무릎 위에 팔을 얹어 턱을 괴고는 몸을 앞으로 내밀며 저에게 물었습니다.

"저, 저 말씀이세요?"

"예, 아마 남편분은 서른이셨죠?"

"예, 저는…… 네 살 밑입니다."

"그럼 스물여섯, 어휴, 이거 심하네. 아직 그 나이세요? 아니, 그럴 테지. 남편이 서른이라면 그것도 그럴 테지만, 놀랍네요."

"아까부터 저도……."

여자가 사내의 등 뒤에서 얼굴을 내밀며 말을 이었습니다.

"감탄하고 있었어요. 이런 훌륭한 부인이 있는데도 오타니 씨는 어떻게 그런 일을……. 그렇죠?"

"병이야, 병! 전에는 이 정도는 아니었는데, 점점 더 심해졌지."

그러고는 긴 한숨을 내쉬었습니다.

"실은, 부인."

사내는 새삼스레 앉은 자세를 바로 하고 말했습니다.

"우리 부부는 나카노 역 근처에서 작은 요릿집을 하고 있는데, 둘 다 조슈 출신으로 이래 봬도 전에는 꽤 건실한 장사꾼이었는데 타고난 한량 기질이 있다고나 할까요, 시골 마을의 농사꾼들 상대로 장사를 하는 게 싫증도 나서, 그럭저럭 20년이 됩니다만 이 사람을 데리고 도쿄로 올라와 아사쿠사의 어떤 요릿집에서 더부살이를 시작했습니다. 물론 남들도 다 하는 고생이겠지만, 고생 끝에 어느 정도 돈을 모아 지금 살고 있는 나카노 역 근처의, 1936년이었던가 방 한 칸에 작은 마당이 딸린 정말 볼품없는 집을 한 채 얻었지요. 마셔도 겨우 1엔이나 2엔밖에 안 쓰는 손님들을 상대로 초라한 음식점을 개업했습니다만, 그래도 우리 부부는 절약하고 또 부지런히 일한 덕택으로 소주라든지 진 같은 것을 잔뜩 사들여 놓을 수 있었어요. 그래서 이후로 술이 부족한 시대에 접어들어서도 다른 집은 다 폐업했는데 우리 집만은 어떻게든 장사를 계속할 수 있었습니다. 그렇게 되다 보니 단골손님들도 함께 거들어주셔서 소위 말하는 군관의 술과 안주를 몰래 들여올 수 있는 경로를 가르쳐주시는 분도 계셨지요. 미국과 영국하고 전쟁이 시작되고 점점 공습이 심해졌어도 우리 부부한테는 거치적거리는 자식도 없는지라 고향에 피난 갈 생각도 하지 않았어요. 공습에 가게가 다 타버릴 때까지는 어떻게든 버텨보자고 마음먹고는 이 장사 하나에 매달렸더니 다행히 어느덧 전쟁도 끝나 한숨 돌리게 되었습니다. 그런데 이번에는 물자가 부족해 암시장에서 흘러나온 술을 팔게 되었지요. 간단히 말해서 이렇게 살아온 사람입니다. 하지만 이렇게 간단하게 말하면 마치 아무 어려움도 없었고 비교적 운도 좋았구나 하고 생각하실지 모르겠습니다만, 인간의 일생이 바로 지옥이라, 촌선척마[1]라는 말은 정말 사실이더군요. 한 치의 행복에는

---

1  寸善尺魔. 좋은 일은 적고 언짢은 일은 많다는 뜻.

한 자의 마물魔物이 반드시 끼는 법이지요. 365일 중에 아무런 근심이 없는 날이 하루, 아니, 반나절이라도 있다면 그건 행복한 인간일 겁니다. 부인의 남편인 오타니 씨가 우리 가게에 처음 나타난 게 1944년 봄이었던가, 어쨌든 그 무렵에는 태평양전쟁에서 질 것이라고는 생각하지도 못했고, 아니, 사실은 이미 진 전쟁이었겠지만 우리는 그런 실체랄까, 진상이랄까, 하여간 그런 것은 몰랐으니 한 이삼 년만 참으면 어떻게든 대등한 자격으로 평화협정을 맺을 수 있지 않을까 정도로 생각하고 있었지요. 오타니 씨가 처음 우리 가게에 나타났을 때도 아마 제 기억으로는 평상복을 입고 있었는데, 물론 그 무렵 도쿄에서는 아직 방공防空 복장을 입은 사람은 적었고 대부분이 평상복을 입고 아무렇지도 않게 외출했을 때였으므로 우리도 그때 오타니 씨의 복장이 별로 조심성 없는 복장이라고는 생각하지 않았습니다. 오타니 씨는 그때 혼자가 아니었습니다. 부인 앞이라 좀 그렇습니다만, 아니, 하나도 숨기지 않고 다 말씀드리지요. 남편분은 나이가 들어 보이는 어떤 여자와 함께 가게 뒷문으로 살그머니 들어왔더랬습니다. 물론 그 무렵은 우리 가게도 앞문만 걸어 잠그고, 그게 당시 유행하던 말로 하자면 '폐점 개업'이라는 건데, 진짜 소수의 단골손님만 뒷문으로 몰래 들여 가게 토방에서 술을 마시는 게 아니라 구석 자그마한 방에서 조명을 낮추고 숨소리를 죽여가며 조용히 술만 마시고 가는 그런 상황이었습니다. 방금 말한 그 나이가 들어 보이는 여자는 바로 얼마 전까지 신주쿠의 바에서 여급으로 일하던 사람으로, 여급 시절에는 돈 많은 신사들을 우리 가게로 데려와서는 단골로 만들어주던, 말하자면 상부상조를 하는 사이였지요. 집도 바로 가게 근처라, 신주쿠 바가 폐쇄되어 여급을 그만둔 뒤로도 예전에 알던 손님들을 가끔씩 데리고 왔습니다. 우리 가게에도 술 재고량이 점점 줄어들어 아무리 돈을 잘 쓰는 손님이더라도 손님이 늘어나는 게 사실 예전만큼 고맙기는커녕 오히려 귀찮을 지경이긴 했습니다만, 사오 년 전부터 꽤나 돈 되는 손님들만 데려와 줬던 의리도 있고 해서 그 여자가 데려오는 손님들에게는 싫은 내색 하나 없이 술을 내어드렸지요. 그러니까 남편분이 그때, 그 나이 든 여자, 이름은 '아키짱'이라고 하는데, 여하간 그 여자와 함께 뒷문으로 들어왔을 때도 우리는 별로 이상하게 여기지 않고 늘 하던 대로 안쪽으로 안내해 술을 내어드렸습니다. 오타니 씨는 그날 밤은 점잖게 술을 마셨고 계산은 아키짱이 했으며, 둘은 뒷문으로 조용히 함께 돌아갔습니다. 이상하게도 그날 밤 오타니 씨의 조용하고 품위 있던 거동을 잊을 수가 없습니다. 마귀가 남의 집을 처음 찾아갈 때는 그렇게 조용하고 순진한 모습을 하는가 봅니다. 우리 가게는 바로 그날 밤부터 오타니 씨에게 걸려든 것이었습니다. 그 뒤 열흘정도 지나, 이번에는 오타니 씨 혼자서 뒷문으로 들어와서는 갑자기 백 엔짜리 지폐를 한 장 꺼내더니, 아, 그 무렵의 백 엔이라면 엄청 큰 돈이고 지금으로 따지면 3천 엔 이상의 거금이었지요. 그걸 억지로 저의 손에 쥐여주고는 '부탁해'라며 아무 말 없이 미소를 짓는 것이었습니다. 이미 상당히 마셨던 것 같았습니다만, 하여간, 부인도 잘 알고 계시죠? 그만큼 술이 센 사람은 또 없을 겁니다. 취했구나 싶으면 갑자기 진지하게 논리정연한 이야기를 꺼내질 않나, 아무리 마셔도 다리 한 번 휘청거리지 않았으니까요. 서른 전후면 소위 말하는 혈기왕성할 시기라 술도 셀 시기입니다만, 그래도 그런 사람은 드물지요. 그날 밤도 어디서 엄청 마시고 온 모양이었습니다만, 앉자마자 아무 말 없이 소주를 연거푸 열 잔이나 마시는 것이었습니다. 우리 부부가 무슨 말을 걸면 수줍은 듯이 미소를 짓고 '예, 예.' 하면서 애매하게 고개만 끄덕이더니 갑자기 '몇 시예요?'라며 시간을 묻고는 일어서더군요. '잔돈 드리지요.' 하고 제가 말했더니 '아니, 괜찮아요'라기에 '아뇨, 그럼 제가 곤란합니다'라고 강하게 말했더니 싱긋 웃으면서 '그럼 다음에 올 때까지 맡아두세요, 또 올 겁니다'라며 돌아갔습니다.

부인, 우리가 그 사람한테 돈을 받은 것은 그때가 마지막으로, 그 후로는 이런저런 핑계를 대며 3년간 한 푼도 내지 않고 우리 가게 술을 거의 혼자서 다 마셔버리니 어디 견딜 수가 있겠습니까?"

저도 모르게 웃음을 터뜨리고 말았습니다. 뭐라 형용할 수 없는 웃음이, 속에서 분출해 버리고 만 것입니다. 저도 놀라 손으로 입을 가리면서 안주인 쪽을 쳐다보니, 안주인도 고개를 숙인 채 웃고 있었습니다. 그러자 주인도 어쩔 수 없다는 듯 쓴웃음을 지었습니다.

"아니, 진짜 웃을 일이 아닌데, 너무 어이가 없어 웃지 않을 수가 없네요. 정말이지 그 솜씨를 다른 곳에 사용했다면 장관이나 박사가 되었을 겁니다. 우리 부부뿐만 아니라 그 사람의 마수에 걸려들어 완전히 빈털터리가 되어서는 이 엄동설한에 밖에서 벌벌 떠는 사람들도 한둘이 아닌 모양입니다. 사실 조금 전에 말한 그 아키짱만 해도, 오타니 씨와 알고 지낸 탓에 좋은 물주들은 다 떨어져 나가버리고 돈도 옷가지도 전부 날려버린 채 지금은 더러운 월세방 한 칸에서 거지꼴로 살고 있다네요. 하여간 그 아키짱이 오타니 씨를 처음 알게 된 무렵에는 제 눈에도 천박해 보일 만큼 들떠서는 우리한테 이런저런 말을 떠벌리곤 했지요. 우선 신분이 굉장하다는 겁니다. 시코쿠에 있는 어떤 성주의 집 안인 오타니 남작의 차남인데, 어떤 사정으로 지금은 의절을 당했지만 곧 남작이 죽으면 장남과 둘이서 재산을 상속받게 되어 있다고요. 머리가 좋아서 천재라고 불린다고도 합니다. 스물한 살에 책을 냈는데 그 책이 이시카와 다쿠보쿠[1]라는 엄청난 천재가 쓴 책보다 훨씬 훌륭하다고, 열몇 권의 책을 냈고 나이는 젊지만 일본 최고의 시인이라고 했습니다. 게다가 대학을 나왔고 가쿠슈인[2]에서 제일고등학교, 제국대학교를 거쳐 독일어, 프랑스어, 하여간 정말 무서울 정도였습니다. 아키짱 말에 따르면 거의 신과 같은 사람이었어요. 그런데 그게 전부 거짓말만은 아닌 듯, 다른 사람한테 물어봐도 오타니 남작의 차남에다 유명한 시인이라는 사실에는 변함이 없었습니다. 그러니 뭐 우리 아내마저도 나잇값 못 하고 아키짱과 경쟁이라도 하듯 오타니 씨에게 빠져든 겁니다. 태생이 달라서 그런지 뭔가 달라도 다르다며 오타니 씨가 오기만을 손꼽아 기다렸으니, 어디 제 속이 멀쩡했겠습니까? 지금은 귀족이고 뭐고 다 없어진 모양입니다만, 어쨌든 '귀족의 의절당한 자식'이라는 수법에는 이상하게도 여자들이 푹 빠지고 말더군요. 요즘 유행하는 말로 '노예근성'이라고나 할까요?

산전수전 다 겪어온 저 같은 놈이야 그까짓 귀족의, 아니, 부인 앞에서는 죄송합니다만 시코쿠의 성주, 그것도 분가한 집안

---

1  일본 메이지 시대의 시인이자 문학평론가(1886-1912).
2  일본 황족과 귀족 자제를 교육하기 위해 설립된 엘리트 학교.

의 차남이라면 저랑 그렇게 신분 차이가 나지도 않는다고 생각할뿐더러, 설마 한심하게 푹 빠지기야 하겠습니까? 그런데 왠지 그 양반은 나에게도 좀 부담스러운 사람으로, 이번에야말로 아무리 사정해도 절대 술을 주지 않겠다고 굳게 결심하고 있어도 누구한테 쫓기는 사람마냥 뜻밖의 시간에 홀연히 나타나 우리 가게에 와서 겨우 안심했다는 듯한 얼굴을 보이면 그만 결심이 흐트러져 술을 내주게 되는 겁니다. 취해서 무슨 망나니짓을 하는 것도 아니고, 계산만 정확히 해주면 정말 멋진 손님인데 말입니다. 자기 입으로 신분을 떠벌리고 다니는 것도 아니고, 천재니 뭐니 하면서 터무니없는 자랑을 하고 다니지도 않고, 아키짱 같은 사람들이 그 양반 옆에 앉아 우리한테 이 사람이 얼마나 위대한지에 대해 광고를 해대고 있으면 '난 돈이 필요해! 여기 외상값을 갚고 싶단 말이야!'라며 뜬금없는 말을 꺼내 화제를 바꾸곤 했습니다. 그 양반이 지금까지 우리한테 술값을 낸 적은 없었지만 대신 아키짱이 가끔 내주기도 했고, 또 아키짱 말고도 아키짱이 알면 곤란한 내연의 여자도 있었는데, 그 여자는 아마 유부녀인 모양이었고 때때로 오타니 씨와 함께 와서는 오타니 씨를 대신해 과분한 돈을 주고 가는 일도 있어서, 우리도 장사꾼인지라 그런 일도 없었다면 오타니 씨가 아무리 지체 높은 양반이라고 한들 늘상 그렇게 공짜 술을 내주지는 않았을 겁니다. 하지만 그렇게 가뭄에 콩 나듯 돈을 받아서야 어디 수지가 맞을 리 있겠습니까? 그래서 고가네이[1] 쪽에 그 양반 집이 있고 거기서 부인과 같이 산다는 말을 들은 적이 있던 터라 한번 집에 찾아

---

1 일본 도쿄 다마 지역에 위치한 도시로, 도쿄 23구와 인접한 주거 중심 지역.

가 외상값 얘기를 해봐야겠다는 심산으로 넌지시 오타니 씨에게 '집은 어디 근처세요?' 하고 물어본 적이 있습니다. 그런데 바로 눈치를 채고는 '없다면 없는 거야. 왜 그렇게 조바심을 내지? 내가 화나서 더 이상 안 오면 그쪽만 손해 아닌가?'라는 식으로 마음 상하는 말만 퍼붓는 겁니다. 하지만 우리는 어떻게 해서든 그 양반 집이라도 알아두려고 두세 번 뒤를 밟았습니다만, 그럴 때마다 용케 눈치채고 우리를 따돌렸습니다. 그러는 동안 공습은 연일 계속되고, 난데없이 오타니 씨가 전투모를 덮어쓰고 뛰어들어오더니 장롱 속에 있던 브랜디를 자기 마음대로 꺼내 벌컥벌컥 들이켜고는 바람처럼 사라져 버리더군요.

외상은 산더미처럼 쌓인 채 전쟁이 끝났고, 우리도 이제는 대놓고 암시장 술과 안주를 사들이고 가게 간판도 새로 달았습니다. 그리고 큰맘 먹고 손님에게 애교를 부릴 여자아이도 한 명 고용했지요. 그런데 또 그 마귀 같은 양반이 나타난 겁니다. 이번에는 여자 손님이랑 같이 오지 않고 반드시 신문 기자나 잡지 기자 두세 명과 함께 왔는데, 이제부터는 군인이 몰락하고 지금까지 가난뱅이였던 시인들이 대접받는 시대가 되었다 어쩠다, 하여간 그 기자들이 그렇게 말하더군요. 오타니 선생은 그 기자들을 상대로 외국인 이름인지 영어인지 철학인지, 영문을 알 수 없는 말들을 늘어놓고 홀연히 일어서 밖으로 나간 채 돌아오질 않는 겁니다. 기자들도 김 빠진 얼굴로 '그 자식 어딜 가버린 거야? 슬슬 우리도 가볼까'라며 나갈 채비를 하기에, 저는 '그 양반은 언제나 이런 수법으로 도망칩니다. 계산은 손님들이 해주시지요'라고 말했습니다. 점잖게 돈을 모아 계산하고 나가는 분들도 계십니다만, '오타니한테 내라고 해! 우리는 거지꼴로 살고 있다고'라며 화를 내는 사람도 있습니다. 화를 내도 저는 '아니요, 오타니 씨 외상값이 얼만지나 알고 계십니까? 만일 손님들이 그 외상값의 얼마라도 받아주신다면 저는 손님들에게 그 절반을 드리지요.' 하고 말했더니 기자들도 어이없다는 표정을 짓더니 '뭐야, 오타니가 그렇게 더러운 자식인 줄은 몰랐군. 앞으로 그놈과 마시는 일은 없을 거야! 지금 우리 수중에는 백 엔도 없어. 내일 가지고 올 테니 그때까지 이걸 맡아둬'라며 외투를 벗고 나가는 일도 있었습니다. 기자들이란 원체 성질이 더럽다고들 말하는 모양입니다만 오타니 씨와 비교하면 정말이지 정직하고 호쾌한 것이, 오타니 씨가 남작의 차남이라면 기자들은 공작의 후계자쯤은 될 거라 생각합니다.

오타니 씨는 전쟁이 끝나자 술을 훨씬 더 많이 마시고 인상도 험악해졌습니다. 또 예전에는 입에 담지도 않았던 외설스러운 농담도 곧잘 하고, 같이 온 기자들을 쥐패고 아무하고나 먹살을 잡고 싸움을 한다던가, 우리 가게에서 일하던 스무 살밖에 안 된 여자아이를 어느샌가 손에 넣은 모양인데 우리도 정말 깜짝 놀라고 난처했습니다. 하지만 이미 저질러진 일이라 한탄을 한들 소용도 없어, 여자아이에게 그만 포기하라고 설득해서 조용히 고향으로 되돌려 보냈지요. "오타니 씨, 이제 더 이상 아무 말도 않겠습니다. 부탁이니 제발 우리 가게에는 오지 마십시오"라고 제가 말하자, 오타니 씨는 "뒷구멍으로 벌고 있는 주제에 큰소리치기는, 난 전부 알고 있다고"라며 협박조로 말하고는 아무렇지도 않은 얼굴로 다음 날 밤 또 나타나는 것이었습니다. 우리가 전쟁이 한창이던 시절부터 뒷구멍 장사를 해서 그 벌로 이런 도깨비 같은 인간을 떠맡지 않으면 안 되었는지도 모르겠습니다만, 어쨌든 오늘 같은 심한 일을 당해서는 이제는 시인이고 선생이고 나발이고 없습니다. 그냥 도둑이 아니고 뭐겠습니까? 우리 돈 5천 엔을 훔쳐 달아났으니까요. 요즘은 우리도 물건을 들여오는 데 돈이 많이 들어 가게에는 겨우 5백 엔이나 1천 엔 남짓한 현금만 있습니다. 아니, 솔직히 말해 장사해서 번 돈은 바로 물건 사들이는 데 써야 하는 지경입니다만, 오늘 저녁 5천 엔이나 되는 거금이 가게에 있었던 것은 이제 올해도 얼마 남지 않았으니 제가 단골손님들의 집을 돌면서 외상을 걷어와 겨우 그 정도의 돈을 모은 것입니다. 그리고 그 돈도 바로 재료비로 넘겨주지 않으면 정월부터 더 이상 장사도 못 하게 되는, 그런 소중한 돈이지요. 아내가 가겟방에서 세어보고 장롱 서랍에 넣는 걸 그 양반이 술 마시면서 본 모양인지, 갑자기 일어서서 방에 들어가더니 아무 말도 없이 아내를 밀치고는 서랍을 열어 그 5천 엔 돈 뭉치를 집어들고 안주머니에 넣는 겁니다. 그러고는 우리가 얼이 빠져 멍해 있는 틈에 밖으로 나가 버렸지요. 저는 고함을 지르고 아내와 함께 뒤를 쫓았습니다. "도둑이야!" 하고 고함을 쳐 사람들을 불러 모을까도 생각했습니다만, 어쨌든 오타니 씨가 우리와는 잘 아는 사이라 그건 너무 심하다는 생각도 들어, 오늘은 무슨 일이 있어도 오타니 씨를 놓치지 않고 따라붙어야 된다는 일념으로 여기까지 따라온 겁니다. 조용히 얘기해서 돈을 돌려받자고 생각했지요, 어쨌든 우리가 불리한 입장이니까요. 우리 부부는 죽을 고생을 해 이 집을 찾아내서는 치밀어 오르는 화를 억누르고 "돈을 돌려주십시오"라고 온화하게 말했는데, 글쎄 웬일입니까? 나이프를 들이밀며 찌르겠다니, 어떻게 이런 일이……."

143

또다시 영문 모를 웃음이 치밀어 올라, 저는 소리 내 웃어버렸습니다. 안주인도 얼굴이 벌게져서 웃었습니다. 웃음이 좀체 멈추질 않아 가게 주인에게 좀 민망했습니다만 왠지 이상하게 웃음이 나와, 언제까지고 웃음이 나와 끝내 눈물까지 흘렸습니다. 남편의 시 중에 "문명의 끝, 큰 웃음"이라는 구절이 이런 기분을 말하는 건가, 문득 그런 생각이 들었습니다.

## 2

어쨌든 웃음으로 끝날 일이 아니었기 때문에 저도 생각 끝에 두 사람에게, "그럼 제가 어떻게든 처리를 하겠으니 경찰에 고발하는 것은 하루만 기다려주세요. 제가 내일 가게로 가겠습니다"라고 말하고, 나카노에 있다는 가게 위치를 자세히 들은 다음 거의 억지로 두 사람을 납득시켜 돌려보냈습니다. 그러고는 불기운 하나 없는 방에 홀로 앉아 곰곰이 생각을 해보았습니다만 별달리 뾰족한 수단도 떠오르지 않아, 아기가 자고 있는 이불 속으로 들어가 아기 얼굴을 매만지며 언제까지고 언제까지고 날이 새지 않았으면 하고 바랄 뿐이었습니다.

저의 아버지는 예전에 아사쿠사 공원의 연못 근처에서 어묵 포장마차를 했습니다. 엄마는 일찍 돌아가시고 아버지와 둘이 셋방살이를 하며 포장마차를 했지요. 그때 지금의 남편이 가끔씩 포장마차에 들렀고, 그러는 동안 저는 아버지를 속이고 그 사람과 다른 곳에서 만나게 되었습니다. 그러다가 뱃속에 아기가 생겨버렸고, 여러가지로 사건이 많았습니다만, 하여간 그 사람의 아내가 되어버렸습니다. 물론 혼인신고도 하지 않았습니다. 그 사람은 집을 나가면 사흘이고 나흘이고, 아니, 한 달씩이나 돌아오지 않기도 했지요. 어디서 무엇을 하는지, 돌아올 때는 항상 만취 상태였고 창백한 얼굴로 "후우후우." 하고 힘들게 숨을 내쉬며 저의 얼굴을 물끄러미 쳐다보고는 눈물을 뚝뚝 흘린 적도 있습니다. 또 갑자기 제가 자고 있는 이불 속으로 들어와 저의 몸을 꽉 껴안고는,

"아아, 안 돼! 무서워. 무섭단 말이야. 무서워! 살려줘!"

라며 부들부들 떤 적도 있었고, 잠이 들어서도 잠꼬대를 해대고 끙끙 앓았습니다. 그리고 다음 날 아침이 되면 얼이 빠진 사람마냥 멍하니 있다가 어느새 또 나가서 사흘이고 나흘이고 돌아오질 않았습니다. 예전부터 출판사 일로 알고 지내는 지인 두세 분이 서와 아기를 걱정해 때때로 돈을 가져다주곤 해서, 어떻게 지금까지 굶어죽지 않고 살아왔습니다.

꾸벅꾸벅 졸다가 창 사이로 스며든 아침 햇살에 잠에서 깬 뒤, 단장을 하고 아기를 들쳐업고 밖으로 나갔습니다. 더 이상 집 안에 가만히 앉아 있을 기분이 아니었습니다.

막상 이렇다 할 목적지도 없었지만 일단 역 쪽으로 걸어갔습니다. 역 앞 노점에서 사탕을 사서 아기에게 물리고는 문득 생각이 나서 기치조지까지 가는 차표를 사 전차를 탔습니다. 손잡이에 매달려 아무 생각 없이 전차 천장에 매달려 있는 포스터를 쳐다보니 남편의 이름이 적혀 있었습니다. 잡지 광고였는데, 남편이 그 잡지에 '프랑수아 비용'[1]이라는 제목으로 장편의 논문을 발표한 모양이었습니다. 나는 그 프랑수아 비용이라는 제목과 남편의 이름을 서로 비교해 보다가 왠지 모르게 서러운 맘에 눈

---

1  중세 말기 프랑스의 시인(1431-c.1463). 프랑스 사상 최고의 서정시인이라 평가받기도 하지만 도둑질과 살인으로도 악명이 높다.

물이 앞을 가려 포스터가 보이지도 않았습니다.

기치조지 역에서 내려 정말이지 몇 년 만에 이노카시라 공원을 걸었습니다. 공사라도 시작할 모양인지 묘하게 공허한 느낌을 주었으며, 연못 옆의 삼나무를 완전히 다 베어버려 옛날과는 확연히 다른 모습이었습니다.

아기를 등에서 내리고 연못가의 부서진 벤치에 나란히 앉아 집에서 가져온 감자를 아기에게 먹였습니다.

"아가, 연못이 예쁘지? 옛날엔 말이야, 이 연못에 잉어랑 금붕어가 아주아주 많았는데, 지금은 하나도 없네. 재미가 하나도 없구나."

아기는 무슨 생각을 하는지 감자를 입안 가득히 넣은 채 묘하게 깔깔 웃었습니다. 제 아기지만 정말 바보 같았습니다. 연못가 벤치에 언제까지고 앉아 있어봐야 해결될 문제가 아니었기에, 저는 또 아기를 들쳐업고 어슬렁어슬렁 기치조지 역으로 되돌아와 상점가를 둘러보다가, 역에서 나카노행 차표를 사서 아무런 생각도 계획도 없이, 말하자면 끔찍한 악마의 굴에 자기도 모르게 빠져 들어가듯 전차를 타고 나카노 역에 내려서는 어제 가르쳐준 대로 그 사람들의 가게에 도착했습니다.

앞문이 닫혀 있기에 뒤로 돌아 부엌문으로 들어갔습니다. 주인은 외출 중이었고 안주인 혼자서 청소를 하고 있었습니다. 안주인과 얼굴이 마주치는 순간, 저 자신도 전혀 생각지 못했던 거짓말이 술술 나왔습니다.

"저, 아주머니, 돈은 제가 깨끗이 정리할 수 있을 것 같아요. 오늘 밤 아니면 내일, 어쨌든 확실히 생길 것 같으니까 염려 마세요."

"어머, 그래요? 고맙기도 하지."

안주인은 적잖이 기쁜 표정을 지었지만, 그래도 뭔가 석연찮은 불안한 그림자가 얼굴에 남아 있었습니다.

"아주머니, 진짜라니까요. 확실하게 여기로 가져올 사람이 있어요. 그때까지 제가 볼모가 되어 여기 있을 거예요. 그럼 안심하시겠죠? 돈이 올 때까지 가게 일이나 돕고 있을게요."

저는 아기를 등에서 내려 방에 혼자 놀게 놔두고, 여기저기 일을 찾아다녔습니다. 아기는 원래 혼자 노는 데 이력이 나 있어서 조금도 문제가 없었습니다. 또 머리가 좀 모자란 탓인지 낯도 가리지 않는 편이라 아주머니에게 웃어 보이기도 했고, 내가 아주머니 대신 물건을 받으러 나간 동안에도 아주머니한테 미제 통조림이었던 빈 깡통을 얻어 장난감 삼아 두드리기도 하고 굴리기도 하며 잘 놀았던 모양입니다.

점심 무렵 가게 주인이 생선과 야채를 사서 들어왔습니다. 저는 주인 얼굴을 마주하자마자 재빨리 아주머니에게 했던 거짓말을 똑같이 했습니다.

주인은 놀란 얼굴로 "허 참, 그런데 부인, 돈이란 건 자기 손으로 쥐지 않으면 믿을 수가 없는 것이라니까요"라며 의외로 차분히 타이르는 듯한 말투로 대답했습니다.

"아뇨, 그게 말예요, 정말 확실하다니까요. 그러니까 저를 믿고 일을 벌이시는 건 오늘 하루만 더 기다려주세요. 그때까지 제가 이 가게에서 허드렛일이라도 할게요."

"돈만 돌아온다면……." 주인은 혼잣말처럼 중얼거렸습니다. "글쎄, 올해도 앞으로 대엿새밖에 남지 않았으니."

"예, 그러니까 제가……, 어머, 손님이네요. 어서 오세요."

저는 가게에 들어온 직공처럼 보이는 세 명의 손님들에게 웃음을 지어 보이며 작은 목소리로 말했습니다. "아주머니, 죄송하지만 앞치마 좀 빌려주세요."

"어라, 미인을 데려다놨네. 이건 또 웬 횡재람."

손님 하나가 말했습니다.

"꼬드기지 마세요!"라며, 주인은 아주 농담은 아닌 듯한 말투로 대꾸했습니다. "돈이 많이 걸린 몸입니다."

"백만 달러짜리 명마名馬?"

또 다른 손님이 상스러운 농담을 던졌습니다.

"아무리 명마래도 암컷은 반값이라네요." 제가 술을 데우면서 똑같이 상스러운 농담을 건넸습니다.

"겸손할 필요 없어, 앞으로 일본은 말이나 개나 남녀동권이라더군." 가장 젊은 손님이 큰 소리로 말했습니다.

"누님, 난 반했어. 한눈에 뿅 갔다니까. 그런데 아기가 있어?"

"아뇨." 안쪽에서 안주인이 아기를 안고 나오며 대답했습니다. "얘는 이번에 우리가 친척집에서 얻어온 애예요. 이제 우리도 겨우 대를 잇게 되었답니다."

"돈도 생기셨고."

손님 한 명이 놀리자 주인이 진지하게 물었습니다. "애인도 생기고, 빚도 생기고." 그러고는 말투를 바꿔서 "뭘 드릴까요? 잡탕찌개라도 끓일까요?" 하고 손님에게 묻는 것입니다. 저는 그때 어떤 사실을 하나 알게 되었습니다. '역시 그랬군.' 하며 혼자 고개를 끄덕이고, 겉으로는 아무 일 없었다는 듯 손님 테이블에 잔을 날랐습니다.

그날 밤은 크리스마스 전야제인가 뭔가 하는 날 같았는데, 그

때문인지 손님이 끊임없이 이어졌습니다. 저는 아침부터 아무것도 먹지 못했지만 마음속에 근심이 가득 찬 탓인지 아주머니가 뭘 좀 먹으라고 권해도, "아뇨, 괜찮아요"라고 말하고는 하루 종일 날개 옷을 입은 사람마냥 사뿐사뿐 여기저기 뛰어다녔습니다. 제 자랑을 하자는 것은 아닙니다만 그날 가게는 이상하리만큼 활기가 돌았고, 저의 이름을 묻는다거나 악수를 청하는 손님이 한두 명이 아니었습니다.

하지만 그렇다고 한들 뭐가 달라지겠습니까? 저에게는 해결책이 전혀 없었습니다. 다만 웃음을 짓고, 손님들의 음탕한 농담에 함께 보조를 맞춰 한층 더 음탕한 농담을 건네고, 이 손님 저 손님에게 술을 따르고, 그러는 동안 저의 이 몸뚱이가 아이스크림처럼 녹아 흘러버렸으면 좋겠다고 생각할 따름이었습니다.

기적이란 역시, 이 세상에도 이따금 나타나는 건가 봅니다.

아홉 시가 조금 지난 무렵이었을까요, 크리스마스 축제 때 쓰는 삼각모를 쓰고 루팡처럼 얼굴 위쪽에만 가면을 덮어쓴 남자와 서른너덧쯤으로 보이는 마른 체형의 아름다운 여자가 들어왔습니다. 남자는 등을 돌리고 구석 테이블에 앉았는데, 저는 그 사람이 들어오자마자 누군지 알아챘습니다. 도둑 남편이었습니다.

그쪽에서는 저의 존재를 알아채지 못한 것 같아서, 저도 모르는 척 다른 손님들과 농담을 주고받고 있었는데 그 여자가 남편의 맞은편에 앉으면서 "언니, 잠깐만." 하고 저를 불렀습니다.

"예."

저는 두 사람이 앉은 테이블로 가서 "어서 오세요. 술 드릴까요?"라고 말했습니다.

남편은 가면 너머로 저를 보고 적잖이 놀란 모양이었습니다만, 저는 남편의 어깨를 가볍게 두드리면서 "크리스마스 축하합니다, 라고 하나요? 뭐라고 하죠? 한 병은 더 마실 수 있겠죠?"라고 말했습니다.

여자는 제 말에 대꾸도 않고 진지한 얼굴로 말했습니다.

"저 언니, 미안하지만 여기 주인한테 조용히 할 얘기가 있으니까 이쪽으로 오라고 불러주세요."

저는 안에서 튀김을 만들고 있는 주인한테 갔습니다.

"오타니가 왔어요. 만나보세요. 그런데 같이 온 여자에게 제 얘기는 하지 마세요. 오타니가 창피해할 테니까요."

"드디어 왔군."

주인은 아까 제가 했던 말을 반쯤은 의심하면서도 어느 정도는 믿고 있었던 모양으로, 남편이 온 것도 전부 제가 뭘 어떻게 조종해서 그런 것이라고 자기 마음대로 생각한 것 같았습니다.

"제 얘기는 하면 안 돼요." 제가 거듭 부탁하자 주인은 "그 편이 좋다면 그렇게 하겠습니다"라며 흔쾌히 승낙하고 남편에게 갔습니다.

주인은 손님들을 한 바퀴 쭉 둘러보고는 바로 남편 테이블로 다가가서 그 아름다운 부인과 몇 마디 나누고는, 세 명이 함께 가게 밖으로 나갔습니다.

이제 됐다. 만사가 끝났다. 왠지 그런 믿음이 생겨서 정말이지 기뻤고, 파란색 옷을 입은 아직 스물 남짓한 젊은 손님의 손을 꼭 잡고 이렇게 말했습니다.

"마셔요, 예? 마시자구요. 크리스마스잖아요."

**3**

겨우 삼십 분, 아니, 그보다 더 빨리, '어라, 벌써?'라고 생각될 정도로 일찍 주인이 혼자 들어오더니 제 옆으로 왔습니다.

"부인, 정말 고맙습니다. 돈을 되돌려 받았습니다."

"그래요? 다행이네요. 전부요?"

주인은 야릇한 웃음을 지었습니다.

"예, 어제 가져간 돈은요."

"이때까지 돈은 전부 얼마예요? 대충 좀 깎아서 알려주세요."

"2만 엔."

"그걸로 끝인가요?"

"많이 깎은 겁니다."

"다 갚을게요. 사장님, 내일부터 저를 여기서 일하게 해주시면 안 되나요? 예? 그렇게 해주세요. 일해서 갚게요."

"허어, 부인, 엉뚱한 오카루[1]시네요."

모두 소리 내 웃었습니다.

그날 밤 열 시가 넘어, 저는 나카노 가게에 인사를 한 뒤 아기를 들쳐업고 고가네이에 있는 집으로 돌아왔습니다. 역시 남편은 돌아와 있지 않았습니다. 그러나 저는 아무렇지도 않았습니다. 내일 또 가게에 가면 남편을 만날 수 있을지도 몰라. 왜 지금까지 이런 좋은 방법을 몰랐을까? 어제까지 내가 고생을 했던 것은 전부 내가 바보였기 때문이고, 이런 묘안을 생각해 내지 못했기 때문이야. 나도 옛날에는 아사쿠사의 포장마차에서 일할 때 손님 상대를 곧잘 했으니까, 앞으로도 나카노 가게에서 잘 해낼 수 있

---

1 일본 복수극 〈주신구라忠臣藏〉에 나오는 인물로, 남편에게 필요한 자금을 벌기 위해 스스로 유곽에 들어간다.

을 거야. 사실 오늘만 해도 팁을 5백 엔 가까이 받았잖아?

주인 얘기에 따르면 남편은 어제 그 난리를 친 뒤 아는 친구 집에 가서 잤다고 했습니다. 그리고 오늘 아침 일찍, 그 아름다운 여자가 경영하는 교바시의 바를 찾아가 댓바람부터 위스키를 마시고는 그 가게에서 일하는 다섯 명의 여자 종업원들에게 크리스마스 선물이라며 집히는 대로 돈을 주고, 점심 무렵 택시를 불러서 어딘가로 가더니 조금 있다가 크리스마스 삼각모와 가면과 데커레이션케이크와 칠면조까지 사와서는 온 사방에 전화를 걸어 사람을 불러 모아 파티를 열었다고 합니다. 언제나 돈이라고는 없던 사람이 그러니까 바 마담이 미심쩍어 살짝 물어봤더니, 남편은 아무렇지도 않은 얼굴로 어제 밤의 일을 전부 얘기했다고 합니다. 그 마담도 전부터 오타니와는 그렇고 그런 사이였던 모양인지, 어쨌든 형사 문제로 발전해서 시끄러워지면 곤란하니 돌려줘야만 한다고 달랜 다음 남편을 앞장세워 나카노의 가게를 찾아온 것이라고 했습니다. 가게 주인이 저에게 "대충 그럴 거라고는 생각했습니다만, 하지만 부인, 정말이지 대단한 생각을 해내셨네요. 오타니 씨 친구한테 부탁이라도 한 겁니까?"라며, 역시 제가 처음부터 돌아올 것을 예견하고 이 가게에 먼저 진치고 있었다고 생각하는 말투로 말했습니다. 저는 웃으며 이렇게만 대답해 두었습니다.

"예, 그야 물론."

다음 날부터 제 삶은 지금까지와는 전혀 다르게 활기차고 즐거워졌습니다. 우선 미용실에 가서 머리를 손질하고 화장품도 사고 기모노도 수선하고, 또 아주머니한테 버선을 두 켤레나 얻었습니다. 어제까지 제 마음을 짓누르던 어둡고 무거운 것들이 깨끗이 씻겨 내려가는 느낌이었습니다.

아침에 일어나 아기와 둘이서 밥을 먹고 도시락을 싼 다음 아기를 업고 나카노로 출근했습니다. 섣달그믐과 설날이 가게에서는 대목이었으므로 쓰바키야의 '삿짱', 이게 가게에서 제 이름이었습니다만, 그 삿짱은 매일 눈이 핑핑 돌 정도로 바빴습니다. 이틀에 한 번은 남편도 마시러 왔습니다만 술값은 제 앞으로 달아놓고 또 어디론가 사라졌습니다. 그러다 밤늦게 가게로 와서는 "안 갈 거예요?"라며 조용하게 말하는 것이었습니다. 저도 고개를 끄덕이며 갈 채비를 하고 함께 기쁜 마음으로 귀가하는 일도 자주 있었습니다.

"왜 처음부터 이러지 않았을까요? 지금 너무 행복해요."

"여자에게는 행복도 불행도 없는 거예요."

"그래요? 듣고 보니 그럴지도 모르겠네요. 그럼 남자는 어때요?"

"남자에게는 불행만이 있지요. 언제나 공포와 싸우고 있어요."

"모르겠어요, 저는. 근데 언제까지고 이 행복이 계속되었으면 좋겠어요. 가게 아저씨도, 아주머니도 정말 좋은 분들이에요."

"바보죠, 그 사람들은. 촌놈들이에요. 그러면서도 욕심은 가득하고. 세상에, 나에게 술을 팔아 돈을 벌려고 하다니."

"장사니까 당연한 거죠. 그런데 사실은 다른 문제가 있잖아요? 당신, 거기 아주머니와 무슨 일이 있었던 거 맞죠?"

"옛날에. 주인 양반은 눈치를 채고 있던가?"

"다 알고 있는 것 같았어요. '애인도 생기고, 빚도 생기고'라고 언젠가 한숨 쉬면서 말하더라고요."

"난 말이에요, 아니꼽게 들릴지도 모르지만, 죽고 싶어서 견딜 수가 없는 사람이에요. 태어날 때부터 자살만 생각하고 있었으니까. 모두의 행복을 위해서도 죽는 편이 나아요. 그건 아주 확실한 일이에요. 그런데 좀체 죽을 수가 없네요. 이상한, 무서운 신 같은 존재가 내가 죽는 것을 말리고 있는 겁니다."

"일이 있으시잖아요."

"일이라는 것도 별 볼 일 없는 거예요. 걸작이라는 것도 졸작이라는 것도 다 의미 없고, 남이 좋다고 하면 좋아지는 것이고 나쁘다고 하면 나빠지는 겁니다. 마치 날숨과 들숨 같은 거예요. 무서운 건 말이에요, 이 세상 어딘가에 신이 존재한다는 겁니다. 아마 있지 않겠어요?"

"예?"

"있겠죠?"

"전 모르겠어요."

"그래요."

열흘, 또 열흘, 가게에 출근하는 동안 저는 술을 마시러 오는 손님들은 한 명도 예외 없이 범죄자뿐이라는 사실을 깨달았습니다. 남편은 그나마 순진한 사람이라고 여기게 되었지요. 또 가게 손님뿐 아니라 거리를 걷는 사람들 모두 뭔가 반드시 어두운 죄를 감추고 있는 것처럼 느껴졌습니다. 언젠가 깨끗하게 차려입은 한 쉰 살쯤 되는 부인이 가게에 와서 술을 판다고, 한 병에 3백 엔이라고 말한 적이 있었습니다. 요새 시세를 생각하면 저렴한 가격이었으므로 가게 아주머니가 바로 샀습니다만, 알고 보니 물을 탄 술이었습니다. 그렇게 품위 있어 보이는 부인조차 그런 속임수를 쓰지 않으면 안 되는 이 세상을, 어디 한 곳 구린 곳 없이 살아 나간다는 것은 불가능하다는 생각이 들었습니다. 카드놀이처럼 마이너스를 전부 모으면 플러스로 바뀌는 일은, 이 세상 도덕에서는 있을 수 없는 일일까요?

신이 있다면 한번 나와 보세요! 저는 1월 말, 가게 손님에게 더럽혀졌습니다.

비가 내리는 밤이었습니다. 남편은 나타나지 않았습니다만, 남편과 옛날부터 알고 지내던 출판 쪽 사람이자 때때로 저희 집에 생활비를 가져다주었던 야지마 씨가, 같은 일을 하는 사람인 듯하고 역시 사십 대로 보이는 사람과 함께 가게에 왔습니다. 둘은 술을 마시면서 큰 소리로 오타니의 부인이 이런 곳에서 일을 하는 것은 당치도 않다느니 아니라느니 언쟁을 했는데, 제가 웃으면서 "그 부인이 어디 계시는데요?"라고 묻자, 야지마 씨는 "어디에 있는지는 잘 모르겠지만 적어도 이 집의 샛짱보다는 고상하고 아름답죠"라고 말했습니다.

"질투가 나네요. 오타니 씨 같은 사람이라면 저는 하룻밤 같이 보내도 좋아요. 저는 그런 얄미운 사람이 좋거든요."

"이렇다니까."

야지마 씨는 같이 온 사람에게 입을 삐쭉여 보였습니다.

그 무렵에는 제가 오타니라는 시인의 아내란 사실이 남편과 같이 오는 기자들 사이에도 알려졌고, 또 그 기자들에게 듣고는 일부러 절 놀리러 오는 이상한 분들도 있어서 가게는 한층 더 번창했으니, 가게 주인의 기분도 꼭 나쁘지만은 않았을 것입니다.

그날 밤, 야지마 씨 일행이 종이 암거래에 관한 이야기를 나누고 돌아간 것은 열 시가 넘어서였습니다. 비도 오고 남편도 올 것 같지 않고 해서 슬슬 돌아갈 채비를 하고 안방에 자고 있던 아기를 보듬어 안아 등에 업었습니다.

"우산 좀 빌릴게요."

작은 소리로 아주머니에게 말을 건네자,

"우산이라면 저도 가지고 있어요. 제가 모셔다 드릴게요"라며 가게에 혼자 남아 있던 스물대여섯 남짓한, 여위고 작은 몸집에 직공인 듯한 손님이 진지한 얼굴로 벌떡 일어서는 것이었습니다. 그날 밤 처음 보는 손님이었습니다.

"아뇨, 괜찮습니다. 혼자 다니는 데 익숙해서요."

"아뇨, 댁이 멀잖아요. 다 알고 있습니다. 저도 고가네이 근처에 사는 사람입니다. 모셔다 드릴게요. 아주머니, 계산해 주세요."

가게에서는 세 병을 마셨을 뿐, 그렇게 취해 보이지도 않았습니다.

함께 전차를 타고 고가네이에서 내린 뒤 비가 내리고 있는 깜깜한 길을 한 우산을 쓰고 나란히 걸었습니다. 그 젊은이는 그때까지 거의 말을 하지 않았습니다만, 드문드문 입을 열기 시작하더니 이렇게 말했습니다.

"다 알고 있습니다. 저는 말이죠, 오타니 선생님의 팬입니다. 저도 시를 쓰고 있어요. 조만간 선생님에게 시를 한번 보여드려야겠다고 마음먹고 있죠. 그런데 선생님이 무서워서……."

집에 도착했습니다.

"고맙습니다. 그럼 또 가게에서 봬요."

"예, 그럼 안녕히."

젊은이는 빗속으로 걸어갔습니다.

한밤중, 덜컥거리는 현관문 소리에 잠을 깼지만 언제나 그렇듯 만취한 남편이 귀가하는 소리라고 생각하고 그냥 자리에 누워 있었는데, 어떤 남자 목소리가 들려왔습니다.

"실례합니다, 오타니 씨, 실례합니다!"

일어나 불을 켜고 현관으로 나가 보니, 조금 전 그 젊은이가 혼자서는 거의 서 있지도 못할 만큼 비틀거리면서 이렇게 말하는 것이었습니다.

"부인, 죄송합니다. 가는 길에 포장마차에서 또 한잔 걸쳤거든요. 실은 제가 다치카와에 사는데, 역에 갔더니 벌써 열차가 끊겼지 뭡니까. 부인, 부탁드립니다. 재워주세요. 이불도 필요 없습니다. 현관 마루라도 괜찮습니다. 내일 아침 첫차 탈 때까지 눈만 붙이게 해주세요. 비만 내리지 않아도 처마 밑에서 눈을 붙이겠는데, 이렇게 비가 쏟아지니 그럴 수도 없고. 부탁드립니다."

"남편도 없고, 이런 현관 마루라도 괜찮으시다면 그렇게 하세요."

저는 다 찢어진 방석 두 장을 내어주었습니다.

"미안합니다. 아, 취한다."

그는 괴로운 듯 혼잣말로 중얼거리고는 마루에 누웠고, 제가 자리에 들었을 때는 벌써 코 고는 소리가 들렸습니다.

그러고는 다음 날 새벽녘, 저는 아무 힘도 못 쓰고 당해버렸습니다.

그날도 저는 겉으로는 아무 일 없었던 것처럼 아기를 업고 가게로 출근했습니다.

가게에 가보니 남편은 술잔을 테이블 위에 놓은 채 혼자서 신문을 읽고 있었습니다. 술잔에 아침 햇살이 비쳤고, 저는 그 모양이 정말 아름답다고 생각했습니다.

"아무도 없어요?"

제가 묻자 남편이 저를 향해 고개를 돌리고 말했습니다.

"응, 아저씨는 아직 물건 사러 가서 안 왔고 아주머니는 조금 전까지 부엌에서 일하던 것 같던데, 없어요?"

"어젯밤엔 안 오셨어요?"

"왔었죠. 이 가게의 샷짱을 보지 않으면 잠이 안 와서 열 시 넘어서 가게에 왔더니, 조금 전에 돌아갔다고 하더라고."

"그래서?"

"여기서 잤죠. 비도 엄청 내리고."

"저도 이제부터 여기서 자면 어떨까요?"

"그것도 괜찮겠죠."

"그럼 그럴래요. 그 집을 계속 빌리는 것도 별 의미가 없고."

남편은 아무 말 없이 신문에 눈길을 돌렸습니다.

"이런, 또 내 험담이 적혀 있네. 퇴폐주의의 엉터리 귀족이라니. 이건 말이 안 되지. 신을 두려워하는 퇴폐주의자라면 또 모를까. 샷짱, 여기 한번 봐요. 나를 보고 짐승이라고 써놨어요. 그건 아니죠? 이제 와서 얘기하기 좀 그렇지만, 작년 연말 이 집에서 5천 엔을 훔친 건 샷짱하고 아기랑 그 돈으로 오랜만에 멋진 설을 보내려고 그랬던 거예요. 짐승이 아니니까 그런 짓을 저지른 거라고요."

저는 별로 기쁘지도 않았고,

"짐승이란들 상관없잖아요. 저는 살아 있기만 하면 그걸로 족한걸요."

이렇게 말했습니다.

# 다자이 오사무에 관해

이진후

아오모리현 고쇼가와라시 카나기초 출생. 생가는 쓰시마의 대지주로 부친은 고액 납세자인 관계로 귀족원의 칙선의원이었다. 남자 7명, 여자 4명의 형제 중 첫째와 둘째가 죽고 동생도 태어난 지 얼마 되지 않아 죽어 남자 막내로 자라게 되는데, 조숙하고 감수성이 예민한 아이로 성장한다.

아오모리중학교에 입학하여 두각을 나타낸 것은 작문으로, 『하나코상花子さん』이란 유머 소설로 동기들을 포복절도하게 했다고 한다.

관립 히로사키고등학교에 진학해서는 기다유[1]의 제자로 입문하여 요정에 출입하며 유흥에 빠졌으나, 그를 중심으로 하는 동인잡지 『세포문예細胞文芸』에 생가를 모델로 하여 아버지의 음란하고 위선에 찬 생활을 「무간나락無間奈落」이란 제목으로 발표했는데, 아마 문단의 유행을 반영한 작품이었던 것으로 보인다.

---

1  샤미센 반주에 맞춰 극적인 이야기를 낭송하는 일본 전통 서사 음악 양식.

1929년 12월, 카르모틴을 복용해 자살을 기도했으나 미수. 이유를 물어도 웃음만 지을 뿐 끝내 대답을 하지 않았다. 혁명의 공포, 사상적 고뇌, 낙제의 불안 등을 들고 있으나 어느 설도 명확하지는 않다. 하지만 이 일이 있기 2년 전의 아쿠타가와 류노스케의 자살이 꼬리를 물고 있음은 의심의 여지가 없다고 하겠다.

1930년, 도쿄제국대학 문학부 불문과에 입학. 이때부터 비합법적인 좌익 운동에 참여했으나 중도 탈락. 이해 11월 긴자 술집의 여급과 동반 자살을 꾀했으나 여자는 목숨을 잃고 다자이만 살아남는다. 둘이 사랑해서 그 일을 계획했다기보다는, 동지를 배반한 죄책감에 빠진 다자이와 불행한 현실에 절망한 여자가 감미로운 죽음의 유혹에 빠졌다고 보는 것이 옳겠다. 이때 다자이에게도 내연의 아내가 있었는데, 아오모리현의 게이샤인 베니코로 본명은 오야마 하쓰요였다. 좌익 운동을 하던 다자이를 따라와 동거하던 중, 형이 장래에 결혼을 시킨다는 약속을 하고 고향으로 데리고 간 사이에 일어난 사건이었다.

1931년, 하쓰요가 상경을 하고 분가해 고향과는 결별하게 된다. 다자이와 집의 문제는 다자이 문학의 평생 따라다니는 테마이지만, 봉건적인 집에 반항한다는 단순한 문제는 아니었다. 상경한 후부터 바로 이부세 마스지井伏鱒二에게 사사했다.

1935년 3월, 신문사의 입사 시험에 실패하고 가마쿠라의 산속에서 자살을 기도했으나 미수에 그친다. 급성 맹장염에 걸려 복막염으로 발전해 중태에 빠진다. 고통을 덜기 위해 파비날을 복용하다가 중독이 된다. 약 중독은 그가 끝없는 지옥에 빠져버리는 계기가 된다. 입원 중, 하쓰요가 다자이의 친척과 불륜을 저

지르자 그녀와 타니가와 온천에서 자살을 기도하나 미수에 그치고, 귀경해서는 헤어진다. 이 사건을 이후로 겨우 생에 대한 의욕이 생기는데, 그 과정은 「도쿄팔경東京八景」(『문학계』 1941년 1월호)에서 자세히 그리고 있다.

1938년 9월, 이부세 마스지의 주선으로 야마나시현의 여고에서 교편을 잡고 있던 이시하라 미치코와 선을 보고 결혼한다. 이 전후 관계를 그린 작품이 「후지산백경富嶽百景」으로, 전작들과 비교해 구성이나 문체에 커다란 변화가 생겼다. 즉 그의 인생이 혼란과 절망에서 안정과 희망으로 변화했다는 사실을 엿볼 수 있다. 「여자의 결투女の決鬪」, 「직소駈込み訴え」, 「달려라 메로스走れメロス」 등의 주옥같은 작품들이 이 안정된 시기에 탄생했다.

패전 후 민주주의, 문화국가, 전쟁 책임 등을 떠드는 상황을 보며, 다자이는 서서히 일본 문화가 타락하고 있다고 느끼게 된다. 전후의 다자이는 아나키즘에 강한 친근감을 느낀 것 같다. 도쿄에 돌아온 후 투신 자살할 때까지 1년 반의 세월을 당대 가장 유행하는 작가로서 언론의 각광을 받았다. 그러나 그는 결코 남작濫作을 하지 않았고, 『사양斜陽』이나 『인간 실격人間失格』등의 대표작을 완성한다.

작품의 주인공과 다자이를 혼동한 사람들에 의해 비난을 받기도 했지만, 그는 소설에서 묘사되는 그런 강한 남자가 결코 아니었다. 『비용의 아내ヴィヨンの妻』속 시인이나 『사양』의 소설가에 그는 어떤 부분에 있어서는 자기 자신을 반영하고는 있지만, 그것을 다자이 자신이라고 본다는 것은 하나의 소박한 착각이라고 할 수 있을 것이다.

1948년 6월 13일 한밤중, 그는 당시 애인이었던 야마자키 도

미에와 함께 강에 투신했다. 왜 죽었는가? 그 열쇠는『추억思ひ出』
에서『인간 실격』에 걸친 그의 문학 전체에서 답을 찾아야 하지
않을까?


## 다자이 오사무의 여자 관계

### 1. 오야마 하쓰요小山初代

1912년 3월 10일, 아버지 코야마 토이치, 어머니 키미 사이에
서 장녀로 태어났다. 아버지는 어릴 때 증발하여 엄마가 하쓰요
와 동생 둘을 키우기 위해 공장에 재봉사로 들어가 둘은 이웃집
에 맡겨진다. 소학교를 졸업하자 엄마의 권유로 요정 다마야玉屋
에 들어간다. 16살이 되던 해, 당시 히로사키고등학교 1학년이었
던 19살의 쓰시마 슈지(다자이 오사무)津島修治가 '함께 살자'고 제
안하여 하쓰요는 그에게 호감을 가지게 된다.

2년 후, 그 지방의 재력가가 하쓰요에게 관심을 보이고 요정
주인도 적극 권유했지만 하쓰요는 결정을 내리지 못하고 다자이
와 의논을 했다. 당시 도쿄제국대학 입학이 결정되어 있었던 다
자이는 하쓰요를 도쿄에 꼭 데려간다고 약속하고 상경을 했으
나, 반년이나 소식이 없었다.

이윽고 친구이자 다자이의 사촌 동생인 코다테 젠시로小舘善四郎
를 통해 하쓰요를 상경시킬 계획이 세워졌다는 연락을 받고 상
경한다. 다자이는 결혼을 생각했으나, 큰형은 이들의 결혼을 결
코 인정하지 않았다. 하지만 다자이는 집과 결별을 하면서까지
하쓰요와 결혼을 하겠다고 마음먹고, 1930년 11월에 결혼을 한

다. 그런데 결혼 나흘 만에 우연히 알게 된 카페의 여급 다나베 시메코田部シメ子와 자살을 시도하여 여자는 죽고 다자이도 얼마간 중태에 빠지지만 회생한다. 하쓰요가 받았던 충격은 결코 작지 않았지만 결혼 생활은 계속 유지된다.

1936년 다자이가 정신병원에 입원했을 때 병문안을 간 하쓰요는 마침 손목을 끊어 자살을 시도해 같은 병원에 입원해 있던 다자이의 사촌 동생 코다테과 육체관계를 맺고 만다. 이 사건으로 하쓰요는 이혼을 요구하지만, 다자이는 하쓰요를 데리고 요양 여행을 가서 카르모틴으로 자살을 시도한다. 하지만 둘 다 회생하고 동경으로 돌아와 헤어진다.

하쓰요는 이부세 마스지의 집에서 잠시 기거하다가, 가족들에게도 말하지 않고 홋카이도로 간다. 그곳에서 '나카무라'라는 군인을 만나 중국으로 건너간다.

1944년 7월 23일, 하쓰요는 중국 칭다오에서 32살의 나이로 세상을 하직한다. 다자이가 그 소식을 전해 들은 것은 다음 해의 4월이었다.


## 2. 다나베 시메코田部シメ子

1912년 12월 2일, 아버지 다나베 토키치, 어머니 시나 사이에서 넷째 딸로 히로시마시에서 태어났다. 히로시마시립 제일고등여학교에 진학하나, 엄격한 교풍을 견디지 못하고 중퇴하여 번화가 신텐치에 있는 '평화 홈平和ホーム'이란 다방에서 웨이트리스 생활을 한다. 손님 중에 같은 신텐치의 '치로루'란 다방을 하고 있던 다카즈라 준조를 알게 되어 '치로루'로 옮기고, 둘은 동거를 시작한다. 신극 배우를 꿈꾸던 준조는 1930년 시메코와 함께

상경하여 히비야 공원 근처에서 살림을 차린다. 그리고 시메코
는 긴자의 '할리우드'라는 바에 취직해 11월 25일에 다자이와 알
게 된다.

다자이와 알게 된 이틀 후, 두 사람이 제국호텔에서 숙박한 기
록이 남아 있다. 그다음 날인 11월 28일 두 사람은 카르모틴을
먹고 자살을 기도해, 시메코는 사망하고 다자이도 얼마간 중태
에 빠졌지만 회복했다.『인간 실격』에서는 바다에 투신 자살을
기도했다고 묘사되어 있으나, 약물에 의한 자살 기도였다.


### 3. 이시하라 미치코石原美知子

1912년 고후시 스이몬초의 이시하라 가문 넷째 딸로 태어났
다. 아버지는 도쿄제국대학을 졸업하고 중학교 교장으로 재직하
는 한편 지리학도 연구해『후지산의 자연계富士山の自然界』,『후지의
지리와 지질富士の地理と地質』등의 저서도 남겼다.

1933년에 도쿄여자고등사범학교(현재의 오차노미즈여대)를 졸
업하고 야마나시현에 위치한 고등여학교에 재직하며 기숙사 사
감으로 일한다.

1938년 9월, 이부세 마스지의 주선으로 다자이와 선을 보고
결혼하게 된다. 1941년에 장녀 소노코園子, 1944년에 장남 마사
키正樹, 1947년에 차녀 사토코里子가 태어난다.

1948년, 다자이는 야마자키 도미에와 자살한다.

다자이는 유서에 이렇게 남겼다.


아이들은 모두가 그렇고 그렇지만,

밝게 키워주십시오.

부탁합니다.

너무 많이 폐를 끼쳤습니다.

소설을 적는 것이 싫증 나서 죽는 겁니다.

항상 너희를 생각하고, 혼자서 훌쩍거리며 울었습니다.

미치코, 너를 누구보다도 사랑했습니다.


미치코는 다자이의 사망 후 49년간 미망인으로 지내다, 1998년 2월 향년 85세의 나이로 세상을 떠난다.

차녀인 사토코는 쓰시마 유코津島佑子란 필명으로 작가로 활약했으며 2016년 사망했다.


### 4. 오타 시즈코太田靜子

1941년 오타 시즈코는 다자이에게 편지를 보낸다. 시즈코는 남편과의 사이에서 딸을 낳았으나 태어나자마자 바로 아이를 잃고 만다. 남편과 이혼하고 나서 죽은 딸에 대한 마음을 글로 적었는데, 그 글을 검토해 주었으면 하는 내용이었다.

다자이는 시간이 나면 한번 들르라는 답장을 보낸다. 시즈코는 친구와 함께 다자이를 방문하고, 다자이의 권유로 『사양일기斜陽日記』를 적기 시작한다. 그 후 다자이로부터 전보가 와, 둘은 도쿄에서 영화와 식사를 함께했다.

시즈코는 센조쿠에서 어머니와 함께 생활하고 있었는데, 1943년 숙부의 뒷바라지를 위해 가나가와현 시모소가무라로 거처를 옮긴다. 그로부터 3개월 뒤, 어머니가 입원하고 1945년에 세상을 떠난다. 어머니를 잃은 시즈코는 앞으로의 생활에 대해 다자이와 의논한다.

1947년, 시즈코는 3년 만에 다자이와 만난다. 기치조지의 요릿집에서 다자이가 시즈코에게 중요한 이야기가 있다며 방을 하나 빌리고는 1만 엔을 줄 테니 일기를 보여주지 않겠느냐고 묻는다. 일기를 넘겨주던 날, 다자이와 시즈코는 관계를 맺고 그때 시즈코가 임신을 하게 된다. 그 사실을 알리러 온 시즈코를 다자이는 냉정하게 돌려보낸다. 그 후로 둘은 두 번 다시 얼굴을 마주한 일이 없었다.

시즈코의 동생은 다자이를 방문해, 아기 이름이라도 지어달라고 부탁한다. 다자이는 시즈코에게 이런 편지를 보냈다.

証[1] 오타 하루코太田治子
이 아기는 나의 귀여운 아이로
아버지를 언제까지고 자랑스러워하며
건강하게 자라기를 기원합니다.
1947년 11월 12일 다자이 오사무

오타 하루코는 현재 작가로서 활약하고 있다.

### 5. 야마자키 도미에山崎富栄

1918년 도쿄 혼고구에서, 일본 최초의 미용전문학교인 '도쿄 부인 미발 미용학교'(오차노미즈 미용학교)의 창설자인 야마자키 하루히로와 노부코의 차녀로 태어났다.

---

1 이름 앞에 '証'이라는 한자가 붙어 있는데, 이는 이름의 일부가 아니라 다자이가 직접 이름을 지어주었음을 증명하는 표기이다.

1938년, 도미에는 긴자에서 올림피아 미용원을 개설해 올케와 함께 경영한다. 1944년, 스물다섯 살 되던 해 미쓰이 물산의 사원이었던 슈이치와 결혼한다. 슈이치는 결혼 후 얼마 되지 않아 미쓰이 물산 마닐라 지점에 부임하지만, 미군의 상륙으로 현지 소집되어 전쟁 중에 행방불명이 되어버린다.

1945년, 일본에 가해진 B-29 공습으로 인해 오차노미즈 미용학교와 함께 올림피아 미용원도 소실되어 버린다. 도미에는 미타카 역 근처의 미타카 미용원에서 일하고, 밤에는 진주군 전용 카바레의 미용원에서 일한다.

1947년 3월 27일, 도미에는 우동 가게에서 다자이와 알게 된다. 7월 7일에 남편 슈이치가 전사했다는 통보를 받고, 다시 야마자키 성을 사용한다. 어느 날 오타 시즈코의 동생이 아기의 이름을 지어달라고 찾아오고, 그 사실에 충격을 받은 도미에는 미용원을 그만두고 항상 다자이를 지켜보게 된다.

그해 8월에 '나만 행복한 죽음을 맞게 되어 죄송합니다'라고 적힌 유서를 작가 노하라 카즈오野原一夫 씨 앞으로 보내 죽음을 준비하고 있음을 시사한다. 도미에는 다자이의 행동을 항상 감시하면서, 다자이가 시즈코와 만난다면 청산가리를 마시고 죽을 것이라며 협박을 한다.

1948년 6월 13일, 다자이와 도미에는 다마가와 상수로玉川上水에 빠져 자살한다. 6일 후인 6월 19일, 빠진 장소에서 2킬로미터 떨어진 곳에서 시신이 발견되었다. 도미에는 향년 30세, 다자이는 향년 39세였다.

# 작가 연보

다자이 오사무(1909-1948)

1909    6월 19일, 아오모리현 키타쓰가루군 카나기촌(현재 아오모
        리현 고쇼가와라시 카나기초)에서 '쓰시마 슈지津島 修治'라는
        본명으로 출생. 11남매 중 열 번째 자녀로, 남자 형제 중에서
        는 여섯 째였다. 증조할머니, 할머니, 고모, 사촌 누이 4명, 하
        녀를 포함한 30명에 달하는 대가족 속에서 자랐다.

1916    가나기 제1진조소학교 입학.

1920    증조모 별세.

1922    메이지 고등소학교 입학. 중학교에 바로 가지 않은 것은 다
        자이가 수석으로 졸업했음에도 아버지의 뜻으로 1년간 보충
        학교에 다녔기 때문이며, 다자이는 담임교사인 친척에게 방
        과 후 개인 지도를 받았다.

1923    아오모리현립 아오모리중학교 입학. 같은 해 부친이 향년 53
        세로 별세했다.

1925    중학교 교우회지에 「마지막 섭정最後の太閤」를 발표하며 창작
        활동을 시작했고, 같은 해 여름에는 친구들과 함께 동인지
        『성좌星座』와 『신기루蜃気楼』를 발간하며 본격적으로 작가의
        길을 걷기 시작했다.

| 1926 | 큰형, 셋째 형과 함께 잡지 『아온보アォんぼ』를 창간했다. |
|------|------|

| 1927 | 히로사키고등학교 입학. 이즈미 교카泉鏡花, 아쿠타가와 류노스케芥川龍之介에 심취했으나 아쿠타가와의 자살에 충격을 받아 학업을 포기하고 기다유義太夫를 배우며 요정에 드나들다 게이샤 오야마 하쓰요小山初代(게이샤명: 베니코紅子)를 만났다. |

| 1928 | 동인지 『세포문예細胞文芸』를 창간하고, 본명을 변형한 필명 '쓰지시마 슈지辻島衆二'로 「무간나락無間奈落」 발표했다. |

| 1929 | 이소노가미 겐이치로石上玄一郞의 영향으로 마르크스주의에 심취했으나, 계급적 절망으로 1929년 12월 카르모틴 과다 복용에 따른 자살을 시도했다. |

| 1930 | 히로사키고등학교를 졸업하고 도쿄제국대학 불문학과에 입학하지만 프랑스 문학에 대한 동경만으로 지원해 학업에 흥미를 잃었다. '반제국주의 학생연맹'에 가입해 집을 기관지 인쇄 및 회의 장소로 제공하며 좌익 운동에 몰두했고, 결국 출석 일수 부족으로 제적되었다. 11월, 카페 종업원 다나베 시메코田部シメ子와 가마쿠라의 고유루기곶에서 동반 자살을 시도했으나 시메코만 사망하고 다자이는 살아남아 자살방조죄로 체포되었고 기소유예로 석방되었다. 이 경험은 『인간실격人間失格』, 『어릿광대의 꽃道化の華』에 반영되었다. |

| 1931 | 오야마 하쓰요小山初代와 동거하며 '슈린도朱麟堂'라는 이름으로 하이쿠를 지었고, 계속 좌익 운동에 가담했으나 1932년 큰형의 압박으로 경찰에 자수했다. 이후 깊은 자기혐오에 시달리며 『추억思い出』을 집필하기 시작했다. |

| 1932 | 본격적으로 소설 활동을 시작해, 1933년 단편 「열차列車」를 발표하며 처음으로 필명 '다자이 오사무太宰治'를 사용했다. |

이후 동인지에 여러 작품을 발표하며 문우들과 교류했다.

1935 　소설「역행逆行」발표. 미야코신문 시험에 낙방했으며 두 차례 자살 시도를 했다. 맹장염이 복막염으로 악화되어 입원 중 파비날 중독에 빠졌고,「역행」으로 아쿠타가와상 후보에 오르지만 수상에는 실패했다. 이후 약물 중독으로 무사시노 병원 정신병동에 강제 입원하며 깊은 상실감을 겪었고, 이 경험은 훗날『인간 실격』에 반영되었다.

1936 　첫 창작집『만년』출간.

1937 　입원 중 오야마 하쓰요가 친척이자 화가였던 코다테 젠시로 小館善四郎와 불륜 관계였음을 알고 충격받아 군마현 타니가와 온천에서 하쓰요와 카르모틴으로 동반 자살을 시도했으나 실패했다. 이후 절필 후 귀경해 하쓰요와 결별했고, 하쓰요는 1944년 중국 칭다오에서 32세로 사망했다.

1938 　야마나시현 미사카 고개의 덴카차야에 머물며 스승 이부세 마스지井伏鱒二 소개로 고후시 출신 교사 이시하라 미치코石 原美知子를 만나 1939년에 결혼했고, 고후시에 정착해 심리적 안정을 되찾았다. 이 시기「달려라 메로스走れメロス」를 비롯해 밝은 작품들을 다수 집필했다.

1941 　장녀 소노코園子가 태어나고, 11월 징집 영장을 받았으나 흉부 질환으로 면제되었다. 전쟁 중에도 집필을 이어간 그는 훗날 1944년에 고향을 여행하며 쓴「쓰가루津軽」로 높은 평가를 받았고, 소설가 사토 하루오佐藤春夫는 "이 작품 하나만 으로도 불멸이다"라고 평했다.

1944 　「종달새의 소리雲雀の声」를 출판하려 했으나 검열을 우려해 출판이 연기되었다. 추후 출판 재개를 시도했으나 인쇄소가 공습을 당해 교정쇄가 소실되었다.

| 1945 | 「종달새의 소리」가 「판도라의 상자パンドラの匣」로 출판되었다. 이 시기 다자이는 절망과 검열 속에서도 창작을 이어갔지만 발표는 제한적이었다. 도쿄 대공습 때 가족을 처가로 피신시킨 뒤 혼자 남았다가 집을 잃고 뒤늦게 피난했으며, 이후 처가도 공습으로 소실되어 고향 아오모리로 피신했다. |
|---|---|
| 1946 | 한 해 동안 15편 이상의 작품을 발표하며 왕성한 창작력을 보였다. |
| 1947 | 몰락한 화족 가문의 이야기를 다룬 장편 『사양斜陽』을 발표해 큰 인기를 얻으며 베스트셀러에 올랐다. 이 작품은 '사양족'이라는 유행어를 낳았고, 다자이를 국민 작가 반열에 올려놓았다. 같은 해 딸 사토코里子(훗날 유코佑子라는 이름으로 작가로 활동함)가 태어났다. 「비용의 아내ヴィヨンの妻」를 발표했다. |
| 1948 | 자전적 소설 『인간 실격』과 단편 「앵두桜桃」를 발표하며 큰 화제를 모았다. 점점 심리적으로 불안정해진 그는 내연녀 야마자키 도미에山崎富栄와 함께 지내다가 6월 13일 도쿄 다마가와 상수로에서 투신 동반 자살을 시도했고, 시신은 6월 19일 그의 39번째 생일에 발견되었다. 그의 죽음에는 여러 설이 있지만 정확한 이유는 밝혀지지 않았다. 동료 사카구치 안고坂口安吾는 다자이가 술과 심리적 혼란에 휘말린 상태에서 도미에에게 이끌려 자살했을 가능성을 제기했다. 유작은 미완성 소설 「굿바이グッド・バイ」로, 아사히 신문에 연재되고 있었다. 그의 묘소는 도쿄 미타카시 젠린지의 소설가 모리 오가이森鷗外 묘소 맞은편에 자리하고 있다. |

빛소굴과 유월서가의 뉴스레터,
〈유월빛레터〉의 전 회차를 열람할 수 있는 QR 코드입니다.
문학과 우리 삶의 다채로운 이야기를 만나보세요.

**인간 실격**

| | |
|---|---|
| 초판 인쇄 | 2026. 3. 24. |
| 초판 발행 | 2026. 3. 31. |
| 저자 | 다자이 오사무 |
| 역자 | 이진후 |
| 편집 | 강지수 |
| 발행인 | 이재희 |
| 출판사 | 빛소굴 |
| 출판 등록 | 제251002021000011호(2021. 1. 19.) |
| 팩스 | 0504-011-3094 |
| 전화 | 070-4900-3094 |
| ISBN | 979-11-93635-67-4(04800) |
| | 979-11-93635-25-4(세트) |
| 이메일 | bitsogul@gmail.com |
| SNS 인스타그램 | instagram.com/bitsogul |
| X(트위터) | x.com/bitsogul |
| 네이버 블로그 | blog.naver.com/bitsogul |

# 빛소굴 세계문학전집 목록